CARRÉ NOIR

COLLECTION SÉRIE NOIRE
créée par Marcel Duhamel

Nouveautés du mois

1934 — LE TARÉ
(MICHAËL COLLINS)

1935 — LES ENFANTS DE LA NUIT
(THOMAS CHASTAIN)

1936 — PIANO BARJO
(TITO TOPIN)

1937 — LEQUEL DES DEUX ?
(MEL ARRIGHI)

W. R. BURNETT

Le Samson de l'Ouest

TRADUIT DE L'AMÉRICAIN
PAR M. ELFVIK

nrf

GALLIMARD

Titre original :

THE ABILENE SAMSON

CHAPITRE PREMIER

Cela fait des années que je rêve de conter l'histoire de Link Hardesty, plus connu dans l'Ouest sous le nom d'Abilene mais je ne trouvais jamais le temps de m'y mettre sérieusement. En fin de compte, je crois que j'ai aussi bien fait d'attendre. L'histoire de Link se trouve intimement liée aux débuts du célèbre John C. Todhunter et le rappel du rôle que celui-ci a joué dans l'épopée de Link risquait de ne pas être de son goût ; sans compter que le souci de ne pas lui nuire m'aurait probablement obligé à dénaturer mon récit. Mais je viens de lire aujourd'hui dans le *Cincinnati Enquirer* l'avis de décès de M. Todhunter. Il ne laisse pas d'héritiers et lègue son immense fortune à diverses œuvres de bienfaisance ; de sorte que je me sens maintenant libre de toute contrainte.

Quand j'étais enfant, J. C. m'apparaissait déjà comme un très vieux monsieur. Je le voyais souvent passer dans sa grande limousine, disparaissant presque au fond de la voiture. Il était maigre, desséché, et mesurait à peine un mètre soixante. Un jour, je devais avoir alors dix-huit ans, il m'advint de lui être présenté par mon grand-père, dans le hall de l'Athletic Club. La main qu'il me tendit était petite, sèche et inerte ; il avait des poches sous ses yeux fatigués. Manifestement, il éprouva pour moi à peu près autant d'intérêt que pour l'imposant portier qui, près de nous, contrôlait les cartes des membres du club dans un casier. Il ne témoigna d'ailleurs pas beaucoup plus d'intérêt à mon grand-père, ce qui m'ulcéra.

— Il n'a pas l'air bien coriace, comme ça, à le voir, me dit plus tard mon grand-père. N'empêche qu'il a dû l'être pour tenir le coup à Alkali et s'en retirer avec une belle fortune. Dans les années quatre-vingt, c'était, paraît-il, une ville assez agitée. Au dire des gens de là-bas, il ne se passait presque pas de jour qu'un homme ne soit tué en pleine rue. Oui, le vieux J. C. a dû être plus coriace qu'il n'en a l'air.

C'était probablement la vérité car il avait quatre-vingt-quinze ans moins quelques mois quand il est mort.

Mais vers 1885 l'illustre John C. Todhunter était loin d'être illustre. C'était un gars plutôt malingre, du genre timide, petit de taille et noir de poil. A vingt-neuf ans il avait déjà échoué dans tout ce qu'il avait entrepris. On le connaissait sous le nom de Toddy, et personne ne savait ni ne se souciait de savoir quel était son nom entier, si toutefois il en avait un. Ainsi, John Calhoun Todhunter, issu d'une famille de pionniers virginiens et venu d'un bled appelé Gallipolis, dans l'Ohio, n'était rien d'autre que Toddy ; du moins pour les gens qui s'avisaient de son existence. Et ceux-là étaient rares.

Bien qu'il s'efforçât de garder le sourire dans l'adversité, la Frontière le terrorisait et il lui arrivait de se réveiller la nuit, couvert d'une sueur froide : il venait de rêver que les Apaches l'avaient fait prisonnier et le torturaient. Cette peur n'était d'ailleurs pas entièrement immotivée. Des bandes d'Apaches s'échappaient périodiquement de leurs réserves et faisaient leur apparition dans les montagnes qui dominent les plaines alcalines. Bien entendu, ils évitaient les villes. Mais malheur au rancher ou au prospecteur isolé qui tombait entre leurs mains. Il était abandonné sur place, méconnaissable ; quand on le découvrait plus tard, on l'enterrait et on plantait sur sa tombe une planchette de bois sur laquelle on pouvait lire :

CI-GÎT
UN INCONNU
TUÉ PAR LES APACHES

Toddy en avait rencontré des dizaines dans sa marche vers l'Ouest à travers les plaines brûlées de soleil.

D'autres cauchemars le poursuivaient. Il lui arrivait de rêver, par exemple, qu'un mulet lui flanquait un coup de sabot à la tête. Un homme qu'il avait connu, Reeb Peters, était mort de cette manière-là, le crâne défoncé. Et, naturellement, il était la proie du cauchemar le plus courant à la Frontière : la crainte de se faire descendre par la première brute venue. Cette engeance pullulait dans l'Ouest : grandes gueules toujours prêtes à chercher la bagarre, maniaques du revolver habités par le démon du meurtre, compétiteurs emportés qui, pour démontrer leur supériorité, farcissaient de plomb la partie adverse ; enfin des types qui, à jeun n'auraient pas fait de mal à une mouche, mais qu'un verre de trop dans le nez rendait fous furieux. Quand on se trouvait en face d'individus de cette espèce, il n'était pas facile de les amadouer. Parfois, c'était même impossible.

Pour rester en vie dans un tel milieu, il fallait être

sur ses gardes vingt-quatre heures sur vingt-quatre, et Toddy Todhunter n'était guère taillé pour ce genre d'existence. Mais il était poursuivi par la malchance. Dans toute l'Amérique, on voyait des types ni plus calés ni plus intelligents que lui faire fortune. Et lui, voilà où il en était : à vingt-huit ans, il n'avait pas plus de cent dollars en poche, et tout le monde le considérait comme un raté. Un beau jour, il décida de risquer le tout pour le tout et, une semaine plus tard, en compagnie de trois autres gars aussi démunis que lui, il prenait le chemin de la région maudite, la grande plaine alcaline au sud de l'Arizona. Des rumeurs circulaient sur la découverte de filons d'or et bien des villages du Nouveau-Mexique avaient été de ce fait abandonnés par leurs habitants. Pour les Apaches, l'occasion était bonne, et ils s'en payaient avec tous ces imprudents qui s'enfonçaient dans le chaparral[1]. Et quand les chercheurs d'or parvenaient à échapper aux bandes d'Apaches qui parcouraient cette partie du Far-West, ils se faisaient voler leurs provisions et violer leurs femmes par les bandits de grands chemins qui rôdaient autour des trous d'eau.

Mais Toddy et ses compagnons voyageaient sur les ailes de la peur et ne s'étaient embarrassés ni d'un excédent de provisions ni de femmes. Apaches et brigands les laissèrent tranquilles. Par contre, ils rencontrèrent des tas de serpents à sonnettes, de rapaces ailés et de lézards. Un soir, Toddy faillit se coucher sur un énorme lézard venimeux qu'on appelle dans cette région « le monstre de Gila », synonyme de mort subite. Le monstrueux lézard les nargua. Ils se gardèrent bien de le provoquer, et c'est

1. Fourrés épais de ronces et d'arbustes épineux.

avec un soupir de soulagement qu'ils le virent disparaître derrière une saillie rocheuse.

Quand ils atteignirent la petite bourgade d'Alkali, ils étaient exténués et avaient les nerfs à vif. Leur intention était de pousser jusqu'à Apache Rock, où on avait, paraît-il, trouvé de l'or. Mais cinquante miles séparaient Apache Rock d'Alkali, cinquante miles à parcourir dans une région infestée d'Apaches. Ils renoncèrent à ce projet et se fixèrent à Alkali.

Alkali était, à cette époque, une petite agglomération de quatre cents habitants perdue sur l'immense plateau du sud de l'Arizona. Le climat y était agréable, chaud dans la journée et frais la nuit. Les sources, alimentées par la montagne en eau délicieusement fraîche, y abondaient ; on y trouvait également ce que les natifs appelaient des sources puantes, qui n'étaient autres que des sources d'eau sulfureuse qui jaillissaient à gros bouillons des rochers. On prêtait à cette eau brunâtre la vertu de guérir à peu près toutes les maladies.

On trouvait également à Alkali quatre saloons, deux restaurants, un tripot, une courte ruelle bordée de cabarets abritant des filles mexicaines et métisses, un jeu de quilles, un hôtel et un bureau de poste. C'était une petite ville endormie, et les incidents y étaient rares. Alkali constituait en quelque sorte une dernière chance pour les consignateurs de marchandises, ranchers, prospecteurs, vachers, hommes à tout faire et autres déracinés. Les bandes de brigands la dédaignaient : elle était trop miteuse. Quant aux Apaches, ils s'en méfiaient : il y avait trop de monde. A Toddy et ses compagnons, Alkali fit l'effet d'un paradis : pendant quelque temps, ils en oublièrent leur soif de richesses, se reposèrent, mangèrent comme des ogres, et prirent du bon temps.

Quelle volupté, la nuit venue, de tirer les couvertures sur soi, sans avoir à craindre ni les Apaches, ni les bandits, ni les serpents à sonnettes et autres monstres venimeux.

Mais leur argent commençait à s'épuiser, ils travaillèrent quelque temps comme aides-charpentiers, à la construction d'un grand corral[1] municipal, en bordure de la ville. Puis, l'ennui venant, ils se mirent tous à jouer. Tous, sauf Toddy. Après quelques coups de veine, ils perdirent tout leur capital. Toddy, lui, mettait son salaire de côté. Les trois autres jeunes gars commençaient à en avoir plein le dos de Toddy et de ses manières de petit rentier. Oubliant le cauchemar qu'ils avaient vécu pour arriver à Alkali, ils décidèrent de poursuivre jusqu'à Apache Rock dès qu'ils auraient réussi à amasser un petit pécule.

Ils amassèrent finalement le capital nécessaire et prirent la route de l'Ouest. On ne devait plus jamais entendre parler d'eux.

Toddy se laissait aller au découragement. Il n'était pas possible de quitter Alkali sans traverser les régions dangereuses. Et il s'était bien juré de ne plus remettre les pieds dans le désert. Etait-il condamné à croupir dans ce trou jusqu'à la fin de ses jours ? Il semblait bien que oui !

Il finit par en prendre son parti. Il acceptait tous les boulots qui se présentaient et se construisit une petite cabane à la limite de la ville, juste après le corral. Le soir, il s'installait souvent dans le hall du petit hôtel en planches pour écouter les prospecteurs raconter leurs aventures, le plus souvent imaginaires. Leurs

1. Parc à bétail.

histoires tournaient toutes autour de la découverte de filons d'argent. Dans le Chiricahuas, on rencontrait des affleurements, mais on y trouvait aussi des Apaches retournés à l'état de nature, toujours prêts à vous voler vos montures et vos armes et, si vous étiez né sous une mauvaise étoile, à vous arracher le cœur de la poitrine ! Les histoires de filons d'argent n'intéressaient pas Toddy. Il n'y connaissait rien, et le seul métal qui comptait pour lui, c'était l'or. Mais les histoires d'Apaches le captivaient. Trop même, et le soir il avait souvent du mal à s'endormir, dans sa petite cabane au bord du désert, juste après le corral. Si une poignée d'Apaches s'amenaient et l'enlevaient rien que pour le plaisir d'embêter le monde !

Quand la peur se colle à vous, elle vous mène la vie dure et il n'est pas facile de s'en débarrasser. Toddy commença à être habité par la peur sans raison valable et, pendant quelque temps, sa vie fut un enfer.

C'est à cette époque que se produisit une succession d'incidents singuliers qui devaient aboutir à un événement incroyable et fabuleux. Toddy commençait à en avoir plein le dos d'être obligé de transporter l'eau à sa cabane. Il en parla à un charpentier qui lui dit :

— Alors, t'as qu'à déménager ta cabane jusqu'à cette source, à pas plus de quatre cents mètres d'ici, dans le désert. T'as qu'à décréter qu'elle est à toi !

Toddy ne trouva rien à répondre à cela. Mais il n'avait pas la moindre intention d'aller s'installer dans le désert, quatre cents mètres plus près du danger.

Le temps passait, et Toddy continuait d'aller à la source puiser son eau dans des seaux de toile. Un jour, il remarqua un filet d'eau qui filtrait entre deux roches à trois ou quatre mètres derrière sa cabane. Patiemment, il recueillit dans un gobelet de fer-blanc un peu d'eau pour la goûter. Elle était pure ! Il se rendit au bazar de la ville, acheta une grosse pelle et un pic, puis s'en retourna voir s'il ne pourrait pas se creuser une source particulière. Au bout de deux jours d'un labeur acharné il avait enfin réussi à faire couler un filet d'eau qui suffisait presque à ses besoins. Vers le soir du second jour, un des prospecteurs qu'il rencontrait souvent à l'hôtel, nommé Tabe Cates, et qui avait dans les trente-cinq ans, vint se balader par là. Tabe traînait son désœuvrement en ville, en essayant de trouver les fonds qui lui permettraient de s'équiper et d'aller risquer sa peau parmi les affleurements d'argent du Chiricahuas.

Tabe ne pouvait pas s'empêcher de parler — c'était plus fort que lui. Toddy ne l'écoutait jamais que d'une oreille. Cette fois-là ne fit pas exception. Pendant que Toddy piochait, Tabe parlait, parlait... Tout d'un coup, Tabe se tut. Il resta si longtemps sans rien dire que Toddy se retourna pour le regarder. Le visage de Tabe avait pris une drôle de couleur jaunâtre, et il écarquillait les yeux, comme s'il avait brusquement aperçu une centaine d'Apaches barbouillés de leurs peintures de guerre. Ce fut précisément la première idée qui vint à l'esprit de Toddy : ces sauvages avaient-ils enfin trouvé assez de courage pour attaquer la ville ? Toddy laissa choir pelle et pic pour voir ce que regardait Tabe. Mais Tabe regardait le sol. Puis, tout d'un coup, il se jeta à plat ventre et se mit à gratter la terre pour déraciner l'herbe qui poussait là. Toddy crut que le gars était devenu subitement fou et empoigna sa pelle, pour se protéger. Mais Tabe se retourna brusquement, en pointant sur lui un index long et maigre.

— Part à deux ! Part à deux ! hurla-t-il.

Toddy était abasourdi.

— Qu'est-ce que tu veux dire, Tabe ?

— Sacré imbécile que t'es, vociféra Tabe. T'es tombé sur de l'argent natif ! T'es riche comme Crésus ! Regarde donc ! On pourrait le ramasser avec une cuillère : ma tête à couper qu'il va tirer dans les vingt mille la tonne. On s'associe, hein ?

Toddy ne se rendait pas encore bien compte de ce dont il était devenu propriétaire ; aussi ne s'émotionna-t-il pas outre mesure.

— D'accord, part à deux !

Tabe se redressa d'un bond et se mit à danser.

— On aura nos voitures à nous pour nous promener, et on fumera des havanes ! Tout l'Ouest est à nous ! Hip, hip, hurrah !

Il ôta son chapeau cabossé, l'agita au-dessus de sa tête, puis s'immobilisa soudain, un doigt sur les lèvres, en faisant : « Chut ! », comme si c'était Toddy, l'auteur de tout ce chahut !

Tabe se mit à chuchoter, à voix basse, comme si le chaparral avait des oreilles.

— Il faut qu'on se fasse enregistrer, Toddy. Bon Dieu ! On va prendre tout ce côté de la ville. C'est à personne ; c'est le désert.

— Qu'est-ce qu'il faut faire pour s'enregistrer ?

— Ben, dit Tabe, on pourrait s'arranger provisoirement avec le juge Paul, puisque c'est lui le magistrat, ici. Mais c'est pas le meilleur moyen, parce que c'est peut-être pas conforme à la loi, et qu'y a peut-être des bandits qui nous voleraient notre concession. D'un autre côté, on pourrait proposer une part au juge Paul, en lui faisant jurer de garder le secret, vu que c'est un type honnête. Mais au fond, non ! La meilleure solution, c'est de nous faire enregistrer à l'Office territorial de Tucson. Allons-y, on n'a qu'à partir tout de suite et filer à Tucson.

— Tucson ? Pas moi ! fit Toddy. On n'y arriverait jamais !

Une longue discussion s'ensuivit, mais Toddy demeura inflexible. Il n'allait pas se faire couper en morceaux par les Apaches pour un misérable filon d'argent !

C'est ainsi que, le soir même, ils offraient au juge Paul une part dans la concession. Il faillit en avoir un coup de sang, le brave gros ! Toddy fit enregistrer ses droits aux gisements par le juge Paul, puis Tabe fit enregistrer, lui aussi, ses droits par le juge Paul, enfin le juge fit enregistrer ses propres droits aux gisements par lui-même. Tabe et le juge ne tardèrent pas à être saouls comme des bourriques, et Toddy s'évertua en pure perte à les faire taire.

Deux jours plus tard, l'exploitation des immenses richesses minières d'Alkali commença. Et ce fut la ruée à travers le désert d'innombrables chariots venus des quatre points cardinaux soulevant des nuages de poussière. Les Apaches, effrayés, se réfugièrent dans leurs montagnes, en interrogeant le Grand Manitou sur le sens de cette terrifiante migration qui piétinait au petit bonheur les terres vierges !

CHAPITRE II

En un mois, le petit trou perdu dans le désert qu'avait été Alkali, se transforma en une ville minière bourdonnante comme une ruche de près de dix mille habitants, vers laquelle ne cessaient d'affluer des gens venus de l'Est, de l'Ouest, du Nord et du Sud. De l'ancienne limite de l'agglomération, aux premiers contreforts de la montagne, le terrain en pente douce était semé de tentes, de huttes et de baraques. On construisait vingt-quatre heures sur vingt-quatre ; les hommes d'Alkali dormaient, se levaient, travaillaient, buvaient et jouaient, au bruit ininterrompu des marteaux. Des saloons en planches, aux toitures de bardeaux, poussaient comme des champignons. Les joueurs rappliquaient en masse, et organisaient des parties de pharaon aux coins des rues, en attendant que soient terminées les cabanes qu'ils se faisaient construire en toute hâte. Après la ruée des prospecteurs, ce fut celle des armuriers et des charpentiers, et des maréchaux-ferrants, puis des imprimeurs, des loueurs de chevaux et des maquignons de tout acabit. Deux quotidiens virent le jour, tandis que deux nouvelles messageries lançaient leurs diligences sur les pistes. Le bureau de poste était débordé, et on parlait d'une ligne de chemin de fer que la Southern Pacific projetait d'établir entre Tucson et Alkali.

Du matin au soir, les rues étaient grouillantes d'Indiens assimilés, de cow-boys, de femmes de petite vertu et de touristes venus de Tucson et de Phœnix. Les Apaches ne faisaient plus peur à personne ; ils se terraient dans les montagnes, en se demandant quand cette incompréhensible agitation allait prendre fin. En attendant, ils n'osaient pas se montrer : des gamins de treize ans leur tiraient dessus, simplement histoire d'essayer leurs fusils.

Les trois « Gros Bonnets » de la ville — le juge Lucius Paul, Toddy Todhunter et Tabe Cates — étaient complètement ébahis par le remue-ménage qu'ils avaient déchaîné. Pris d'une sorte de folie, leurs réactions ne furent guère des plus sages : le juge Paul vivait dans un état de douce ébriété vingt-quatre heures sur vingt-quatre — vingt-cinq disaient certains. Tabe Cates arborait un gros diamant sur le devant de sa chemise, et il se montrait de plus en plus désagréable envers les nouveaux arrivants. Quant à Toddy, il se faisait tout petit sur ses concessions, harcelé par son contremaître et maudit par les ouvriers pour sa pingrerie.

Les trois associés avaient omis de faire enregistrer leurs concessions à Tucson. A quoi cela leur aurait-il servi ? Personne ne disputait leurs droits ; à la pelle et au pic, on leur extrayait de l'argent presque pur ; ils possédaient leur propre moulin à bocard pour écraser le métal et nageaient dans l'opulence.

Entre-temps s'édifiait dans Chaparral Avenue, l'artère principale de la florissante, dynamique, et turbulente Nouvelle-Ville, un théâtre baptisé « Le Grand Pacific ». Un nouveau shérif fut nommé, qui entreprit de recruter des adjoints pour l'aider à maintenir l'ordre. Presque à chaque départ, les diligences emportaient un chargement du précieux métal. Une troupe de chanteurs et danseurs mexicains prit possession d'une vieille écurie ; dans cette ville sevrée de divertissements, ils ne tardèrent pas à prospérer... Des inconnus peu communicatifs firent leur apparition dans les rues...

Et puis, peu à peu, les incidents éclatèrent. Les coups de fusil claquaient dans les rues jadis paisibles ; on vit des hommes se plier en deux et culbuter dans la poussière pour ne plus se relever. Tous les forbans qui avaient jusque-là dédaigné Alkali commençaient à y rappliquer. Il devenait de plus en plus difficile de trouver le shérif ou ses adjoints. A croire que l'affichage des avis d'impôts, ou la recherche des chevaux volés, absorbaient tout leur temps. Les revolvers partaient tout seuls et faisaient des ravages dans les saloons et les tripots. Des cavaliers pris de boisson parcouraient les rues à bride abattue, tirant au petit bonheur, et faisant voler les fenêtres en éclats sur leur passage. De tels exploits suscitèrent une vive indignation dans la ville, et le juge Paul fut élu maire, avec mission de mettre fin à cet état de choses.

C'est à ce moment critique qu'entra en scène un jeune homme large d'épaules et étroit de hanches, connu sous le nom de Buford Lawless. Entouré d'une demi-douzaine de jeunots aux regards mauvais, il entreprit de terroriser la ville. Montés sur leurs chevaux, Buford Lawless et ses gars parcouraient Chaparral Avenue dans toute sa longueur, toisant les passants du haut de leurs montures, les insultant ou les provoquant. Personne ne s'avisait de relever leurs défis. Quelques jours plus tard, Buford Lawless entra dans le plus grand tripot de la ville, « L'Oriental », et se déclara copropriétaire. Il fut accueilli avec soumission. Le propriétaire de « L'Oriental », Clancy Abbot, savait qu'il ne pouvait attendre aucun secours des autorités en place ! A quoi bon se faire descendre ? Il se faisait un tas d'argent et pouvait se permettre de partager avec Buford Lawless dont le pâle regard noisette lui donnait le frisson.

Et voilà comment la ville se trouva soudain dotée de quatre gros bonnets : le juge Paul, Toddy Todhunter, Tabe Cates et « monsieur » Buford Lawless, dont la voix semblait teintée d'un léger accent du Sud, encore qu'il se montrât réservé quant à ses origines.

Un soir que les quatre « Grands » étaient réunis dans une arrière-salle de « L'Oriental », le sieur Lawless annonça sa décision de s'associer à part entière avec ses trois amis.

Là, il exagérait.

— Monsieur Lawless, dit le juge, je me permets de vous faire remarquer que c'est nous qui avons découvert ces gisements, nous qui les avons enregistrés, et nous en sommes les propriétaires légaux. Ne vous en déplaise !

— Monsieur le Juge, rétorqua Lawless avec un sourire poli, permettez-moi de vous rappeler que, une fois enterré, un homme n'a plus que faire de ses gisements d'argent !

— Comment, vous osez me menacer ? s'indigna le juge Paul. Je suis le maire, je suis le juge, et je suis un des hommes les plus riches de l'Arizona.

— Parfaitement, monsieur, dit Lawless. Et vous êtes aussi un gros tas de lard qui ne ferait pas le poids en face de n'importe quel adversaire. Toddy, lui, est un gentil petit gars bien élevé qui ne ferait pas de mal à une mouche. Quant à Tabe, il trimbale bien deux revolvers, mais, jusqu'ici, je ne l'ai jamais vu les sortir de leurs étuis.

Tabe ne riposta pas ; son regard restait sagement fixé sur le bout de ses bottes de cow-boy qu'il avait payées cinquante dollars.

— Du reste, poursuivit « monsieur » Lawless, je ne suis pas méchant. Je ne demande pas tout, en dépit du fait que je n'aurais pas grand mal à le prendre. Je ne réclame que vingt-cinq pour cent. Je veux simplement être des vôtres, messieurs ! Notez que ça pourrait être pour moi l'occasion de me ranger et de devenir un citoyen respectable. Voyons, Juge ! Il n'y a pas un seul de vos hommes qui oserait se rebiffer si je le giflais.

Le juge Paul se détendit.

— Vous voulez dire que le poste de shérif vous intéresserait, Lawless ?

Le jeune homme éclata de rire.

— Moi ? Vous me voyez avec une étoile sur la poitrine ? J'essaie simplement de vous expliquer la situation.

Le juge frappa sur la table.

— Je vais faire appel au gouverneur de l'Etat !

Lawless se leva, les traits figés.

— Vous n'en aurez peut-être pas le temps.

Il alla à la porte.

Mais le juge Paul le rappela.

— Bon Dieu, Lawless ! Vous ne pensez tout de même pas qu'on peut décider une chose pareille comme ça, en une minute ? Tout notre avenir en dépend !

— D'accord, réfléchissez ! dit Lawless en sortant. Je vous verrai plus tard.

Quand la porte claqua derrière lui, les trois gros

bonnets se regardèrent, hébétés. Finalement, le juge s'en prit à Tabe.

— Enfin, quoi, nom de Dieu ! c'est toi qui portes les armes dans notre équipe ! Qu'est-ce que tu attends pour t'en servir ?

Tabe eut un rire forcé et baissa la tête. C'est à partir de cette séance qu'un grand changement s'opéra chez les trois gros bonnets de la ville. Le juge Paul cessa de boire et se mit à broyer du noir. Tabe prit l'habitude d'oublier sa ceinture et ses colts. Et le petit Toddy Todhunter eut sa première « crise cardiaque ». Il tomba à la renverse en pleine rue et resta étendu, comme mort, sur le trottoir de bois. Tout le monde s'empressa autour de lui avec sollicitude. « Le pauvre gars, disaient les gens. Même pas trente ans et déjà le cœur qui flanche ! »

Du coup, Toddy devint une espèce d'enfant gâté dans le campement. Une mort naturelle paraissait à tous ces hommes une chose terrifiante. Qu'un type se fasse farcir de plomb : O.K. ! C'était prévisible et normal. Mais qu'il s'écroule comme ça, simplement, et frôle la mort sans même une ombre de raison, ça, c'était effrayant !

Le regard froid et impitoyable de Lawless avait terrorisé Toddy à un tel point qu'il avait tout de suite trouvé ce merveilleux stratagème. Personne, pas même le bandit au cœur le plus sec, n'aurait l'idée de tirer sur un homme qui est, de toute façon, condamné !

Toddy avait vu juste. Lawless prit l'habitude de lui tapoter l'épaule quand ils se rencontraient, et il lui demandait des nouvelles de sa santé d'une voix où perçait presque une certaine chaleur.

Tous les fiers-à-bras d'Alkali respectaient la maladie de Toddy et prévenaient les nouveaux arrivants d'avoir à le laisser tranquille, et surtout de ne pas l'effrayer. Toddy était en sécurité n'importe où dans la ville ; ce qu'on ne pouvait dire de personne d'autre, exception faite pour Buford Lawless. La seule différence, c'est que Toddy était en sécurité parce qu'il avait peur, et Lawless, parce qu'il n'avait peur de rien.

Ce stratagème n'avait cependant pas résolu le problème principal. Lawless maintenait sa prétention d'être associé aux trois amis, mais il ne montrait aucune hâte excessive. Lui et ses gars s'enrichissaient rapidement dans le tripot qu'il « protégeait » et il est certain que la « protection » de Lawless fit entrer des milliers de dollars dans l'établissement. D'abord, Lawless était devenu le héros de la ville, tout simplement parce qu'il s'était déclaré lui-même le Numéro Un, et que personne ne s'était risqué à faire le moindre geste pour relever le gant. Ensuite, les clients n'avaient plus à craindre d'être importunés par qui que ce soit : un regard de Lawless suffisait à calmer les gêneurs. Sans compter que les joueurs, côté clients du moins, n'osaient pratiquement plus tricher. De sorte qu'on pouvait dire que Lawless, dans un sens, gagnait bien sa part.

Seulement Lawless avait beau avoir les poches pleines de grosses coupures, c'était un gars qui voyait grand, bien plus grand que ça encore et, un beau soir — à la suite d'une conversation des plus intéressantes avec un prospecteur aussi bavard que saoul — il réunit les trois Grands et leur fit une peur bleue.

— Messieurs, dit-il, vous m'aviez bien dit que vos concessions vous appartenaient légalement ?

— Naturellement, se rengorgea le juge Paul.

— Enregistrées à Tucson ?

Un silence de mort tomba dans la pièce.

Quand le juge Paul ouvrit la bouche pour répondre, Lawless le devança :

— Allez, Juge ! Ne me racontez pas d'histoires !

— Quelles histoires ? postillonna le juge. Elles ont été déclarées dans les règles. J'en réponds personnellement, et je suis le maire, le juge, et...

Lawless lui coupa la parole.

— Mais elles n'ont pas été enregistrées à Tucson !

Le juge Paul soupira.

— Non, monsieur. Elles ne le sont pas. Mais ce n'est qu'une formalité.

— Ah oui ? fit Lawless en levant un sourcil. Mon avocat prétend le contraire.

— Votre... avocat ?

— Mais oui ! J'en ai consulté un. Il vient d'arriver. Il est de l'Alabama. Un type tout à fait sympathique.

Il y eut une longue pause. Puis le juge Paul prit la parole.

— Vous disiez que vous vouliez vingt-cinq pour cent ?

— Non ! répondit Lawless. Ça, c'était ma première proposition. Maintenant, c'est soixante-quinze pour cent que je veux !

Le juge faillit en avoir un coup de sang, et Toddy frisa la « crise cardiaque ». Il se mit à suffoquer en crispant ses mains sur sa poitrine. Lawless lui versa immédiatement un verre bien tassé.

— Je suis désolé, Toddy, dit-il. Mais les affaires sont les affaires.

— Mais, Bon Dieu de Bon Dieu ! s'écria le juge Paul, tandis que Tabe Cates poussait un gémissement et fixait le bout de ses bottes.

Et il se mit à méditer sur la triste condition des grands de ce monde et aux difficultés qu'ils rencontrent et que ne soupçonnent pas les petites gens.

Lawless se levait pour prendre congé.

— Je vous donne jusqu'à demain midi, et je vous conseille de ne pas essayer d'enregistrer les concessions en question derrière mon dos. Compris ?

Quand la porte se referma, le juge Paul commanda une bouteille de whisky et déboutonna sa veste pour être plus à l'aise.

— Et voilà ! fit-il résigné. Enfin, vingt-cinq pour cent, c'est mieux que rien.

— Oui, tu as raison, fit Tabe avec soumission. C'est pourtant vrai !

Toddy s'abstint de tout commentaire. Il sentait monter en lui une colère sourde, mais tenace.

— On le rappelle pour en finir tout de suite avec lui ? proposa allégrement le juge Paul.

Tabe soupira douloureusement, tout en l'approuvant de la tête.

Mais Toddy n'était pas d'accord.

— On a jusqu'à demain midi. Attendons.

Ce qu'ils firent.

Toddy n'arriva pas à trouver le sommeil cette nuit-là. Il y avait déjà longtemps qu'il avait abandonné sa cabane en bordure de la ville ; elle avait même été démolie et, à sa place, s'ouvrait une étroite tranchée qui aboutissait à un tunnel étayé par des poteaux de mine, où l'on extrayait, à coups de pics et de pelles, un minerai d'argent presque dur. A présent, Toddy occupait, au premier étage de l'hôtel du Commerce, une belle chambre avec un grand lit en cuivre jaune, un fauteuil à bascule rembourré, une cuvette et un broc d'eau peints à la main. Après s'être tourné et retourné dans son lit jusqu'à onze heures passées, il finit par se lever, s'habilla et sortit.

Un chahut infernal régnait dans la ville, mais

Toddy y était déjà tellement habitué qu'il l'entendit à peine.

Il apercevait au loin les flammes tremblotantes des lampes à pétrole sur les gisements où les gars travaillaient vingt-quatre heures sur vingt-quatre. Au moment où il atteignait la limite de la ville, un jeune gars, la tête coiffée d'un grand chapeau de cow-boy couleur sable, les cuisses moulées dans un pantalon en daim et chaussé de demi-bottes, émergea d'une ruelle obscure pour lui prendre doucement, mais fermement, le bras.

— Où que vous allez, m'sieur Toddy ?

Il parlait avec l'accent du Sud. C'était un des « blancs-becs » de Buford Lawless, comme on les appelait à Alkali. Ce n'étaient pas précisément des gamins, mais aucun d'eux n'avait plus de vingt-trois ans.

— Je prends l'air, dit Toddy en se remettant d'une frayeur terrible. Je ne pouvais pas dormir.

— O.K., m'sieur Toddy, acquiesça le gars. Vous pouvez vous balader tant que vous voulez, mais pas à cheval ! Faut pas monter à cheval. Et c'est pareil pour vous, pour le juge et pour Tabe Cates.

— Bon, bon ! se hâta de dire Toddy tout en s'écartant insensiblement.

— Sans rancune, m'sieur Toddy, pas ? Un p'tit conseil d'amis, quoi.

— Oui, oui, bien sûr, répondit Toddy.

Quand les ombres du chaparral se refermèrent autour de lui, Toddy tourna la tête et jeta un regard effrayé par-dessus son épaule. Le jeune gars était en train d'allumer une cigarette, et la flamme de l'allumette éclairait un jeune visage rond, lisse comme celui d'une fillette et guère plus redoutable. Mais Toddy se rendit compte aussitôt qu'il s'agissait d'un nommé Chickasaw, qui avait, disait-on, tué à lui tout seul trois hommes dans une bagarre au revolver, à Tumbleweed.

Toddy se mit à trembler de tous ses membres, mais la rage qui l'avait saisi devant le chantage de Buford Lawless et qui avait empêché le juge Paul et Tabe de capituler tout de suite, s'emparait à nouveau de lui avec plus de violence. « Nom de Dieu ! si seulement on pouvait trouver un moyen de résister à Lawless !... »

Puis cette rage fit aussitôt place à une immense détresse. Il traversa le chaparral et s'avança lentement vers les lumières aveuglantes pour se replonger dans le vacarme familier de ses mineurs au travail. Toddy avait envie d'empoigner un pic et de s'y mettre avec les autres, histoire de calmer ses nerfs. Mais il se rappela à temps qu'il était affligé d'une « maladie de cœur », et il se retint.

A force de rester là à regarder, prenant plaisir aux coups d'œil respectueux que les ouvriers lui adressaient à contrecœur, son désespoir finit par s'évanouir ; la colère le saisit à nouveau. « Nom de Dieu ! On deviendrait fou à moins ! Faire cadeau de soixante-quinze pour cent de ses droits à un voyou qui vous en fout plein la vue avec ses belles manières, tout ça simplement pour éviter une bagarre passagère ! Oui, seulement pour aller tout droit au cimetière, il suffit d'une seconde d'inattention... »

Toddy se lamentait tout seul. Il avait chaud, puis froid ; il se demanda s'il n'allait pas tomber malade, mais malade pour de bon, cette fois-ci.

Il fit quelques pas, laissant derrière lui les gisements, et se retrouva en pays découvert. Le terrain montait en pente douce jusqu'aux premières collines, au nord-est de la ville. C'était une belle nuit du désert. L'air était frais et sec, le ciel scintillait. De grosses étoiles, d'un blanc intense, étincelaient au-dessus de la masse sombre de la montagne, et le clair de lune était si éclatant qu'on aurait pu lire son journal à sa seule lumière froide. On entendait au loin japper des coyotes dans un canyon sonore comme un souterrain. De temps en temps, une légère brise du nord-est balayait le désert, arrachant au mesquite et au chaparral un long gémissement de feuillage desséché.

Perdu dans ses pensées, Toddy poursuivit sa promenade. Les dernières flammes des lampes à pétrole étaient déjà loin derrière lui. Il était seul dans le désert, plus seul, en un sens, qu'il ne l'avait jamais été durant toute sa vie, mais tellement absorbé par ses soucis qu'il ne s'en rendit pas compte tout de suite. Il trébucha finalement sur une racine, et il éprouva aussitôt un sentiment de panique en s'apercevant qu'il s'était enfoncé si loin dans le désert.

Avant la ruée vers les gisements d'argent, pas un seul citoyen d'Alkali n'aurait eu seulement l'idée de s'éloigner autant de la ville en pleine nuit. Il fit rapidement demi-tour, se hâtant de retourner vers la civilisation, lorsque son regard fut attiré par quelque chose qui ne pouvait pas se trouver là. Il se figea sur place, se croyant victime d'un mirage. Mais qui avait jamais entendu parler de mirages nocturnes ?

A vingt mètres de lui, sur un faible éperon rocheux au pied duquel courait un mince filet d'eau, un homme à cheval se profilait dans l'intense clarté bleutée de la lune, immobile comme une statue équestre. L'homme semblait d'une taille peu commune et, sous son grand chapeau, ses cheveux lui retombaient jusqu'aux épaules. Il semblait regarder la ville.

Effrayé et fasciné tout à la fois, Toddy se sentait incapable de faire le moindre mouvement. Puis il entendit soudain un faible cliquetis, tandis que le cheval se déplaçait légèrement.

— Ohé ! appela le cavalier d'une forte voix de basse.

Toddy avala péniblement sa salive et tenta de s'éclaircir la gorge.

— O-o-ohé ! parvint-il à répondre.

— Ne me dites tout de même pas que c'est ça, Alkali ! s'exclama l'homme en désignant la ville d'un geste du bras.

— Si, c'est bien ça ! cria Toddy qui reprenait courage en se rendant compte qu'il n'avait pas affaire à un fantôme.

— C'est à peine croyable, dit l'homme. Ce qu'elle a grandi, cette ville ! Ça fait bien trois ou quatre ans que je ne l'avais pas revue. Hiop ! fit-il à son cheval en tirant sur les rênes.

Il fit tourner sa monture et descendit du rocher pour rejoindre Toddy sur le sol sablonneux du désert.

Toddy leva la tête, pour regarder cette espèce de centaure, comme l'aurait fait un petit garçon devant une parade de cirque. Le cheval était un immense *pinto*, un cheval pie de plus d'un mètre soixante-dix au garrot. Quant à l'homme, il ne devait pas faire loin des deux mètres lorsqu'il mettait pied à terre.

— Vous... vous allez à Alkali ? Vous allez y rester ? demanda Toddy qui, assez bizarrement, se sentit tout de suite à son aise en compagnie de ce géant.

— Pour la nuit, répondit l'homme. Demain matin, je me remettrai peut-être en route pour Sorona. Je n'en sais rien encore. J'ai tout mon temps, pour ainsi dire. Hiop ! fit-il doucement, pour calmer son cheval qui venait de faire un léger écart quand une brève saute de vent avait agité le chaparral.

Côte à côte, ils prirent lentement le chemin de la ville.

— Je m'appelle... je m'appelle John C. Todhunter, dit timidement Toddy, tout en souhaitant impressionner ce tranquille colosse. C'est moi qui suis tombé sur ces gisements d'argent, par ici. J'ai plusieurs mines à moi : la Hutte, le Nugger et les numéros un, deux et trois des « Mines Apaches ». Quand je suis arrivé ici, Alkali n'avait pas plus de quatre cents habitants. Maintenant, il y en a plus de douze mille, et ça continue !

— Que le diable m'emporte ! fit tranquillement l'homme.

Mais Toddy ne décela dans sa voix nulle trace d'ironie ou de sarcasme ; plutôt une indifférence amicale.

Toddy brûlait d'envie de savoir qui était cet homme. Il aurait voulu lui demander d'où il venait, ce qu'il avait fait dans la vie, ce qu'il avait l'intention de faire maintenant. Mais dans le Far West de cette époque-là, c'était justement là le genre de questions qu'il ne serait venu à l'idée de personne de poser. Non seulement ça ne se faisait pas, mais cela pouvait vous attirer de gros ennuis.

Ils atteignirent les premières lampes à pétrole ; l'homme arrêta son cheval et sauta à terre. Un des mineurs jeta un coup d'œil du côté de Toddy et du grand type, puis se remit au travail. Mais brusquement, il tourna à nouveau la tête et regarda encore, les yeux écarquillés. Laissant tomber là son pic, il se retourna et se mit à courir en hurlant quelque chose aux autres mineurs. Toddy jeta des regards inquiets autour de lui. Qu'est-ce qui pouvait bien se passer ?

— Alors, comme ça, on n'a qu'à arracher les racines pour le ramasser ! dit le colosse. C'est bien ce qu'on m'avait raconté, mais il faut le voir pour le croire.

— Mais oui, fit Toddy avec empressement. Vous comptez choisir une concession et planter vos piquets ? Tout le meilleur terrain est déjà pris, mais on ne sait jamais.

— Moi ! Qu'est-ce que vous voulez que je fasse d'une concession ?

Tous les mineurs du coin, abandonnant leur travail, discutaient et s'exclamaient à haute voix.

— C'est pas possible ! C'est pas possible ! criait une voix éraillée.

Une autre répondit :

— Que je bouffe mon chapeau si c'est pas vrai !

Puis ce fut une ruée générale à travers les broussailles et, un moment plus tard, Toddy et son compagnon se trouvèrent entourés d'une bande de mineurs épanouis, crottés et en sueur, les yeux brillant de curiosité, mais aussi, de respect. Le mineur qui avait ameuté tout ce monde, un gars nommé Crickbottom, se détacha des autres, fier comme Artaban.

— Vous êtes Abilene, pas vrai ? demanda-t-il en souriant avec respect.

Le géant fit signe que oui, ce qui incita Toddy à tourner la tête pour l'examiner de haut en bas. Grand, sec, haut sur pattes et large d'épaules, il avait le teint si basané qu'il ressemblait au cuir d'une selle polie par l'usure, contrastant de manière peu banale avec ses longs cheveux blonds et ondulés qui tombaient dans le dos. De vrais cheveux de femme encadrant un visage rude aux pommettes larges et à la mâchoire puissante. Son nez était fortement busqué, ses yeux bleu pâle. Il portait un énorme chapeau blanc de cow-boy, une chemise de flanelle bleu marine, et un pantalon collant en daim qui disparaissait dans des bottes montantes richement ouvragées. A sa ceinture pendaient, dans leurs étuis, deux calibres 45 à crosse de nacre. Il émanait de toute sa personne une force qui rassurait et inspirait immédiatement confiance : un mélange de nonchalance et de courage à toute épreuve.

Les mineurs, des gars qui ne respectaient pourtant rien et étaient toujours prêts à se payer la tête du premier venu, avaient tous les yeux fixés sur lui avec une vénération quasi religieuse.

— Je suis bien Abilene, dit le colosse en riant. Je vous ai déjà vus quelque part, les gars ?

Les mineurs se moquèrent de Crickbottom qui s'était vanté de connaître Abilene personnellement, mais Crickbottom ne se laissa pas démonter.

— Vrai ! Vous vous rappelez pas ? C'est moi qui vous avais prévenu à Stinking Springs, quand vous reveniez de vous battre contre les Apaches et qu'y avait ces espèces de salopards qui vous guettaient dans la rue avec leurs fusils.

— Ah ! c'est ça ! dit Abilene. Je vous remets maintenant. Mais vous aviez tout compris de travers. Ces gars-là ne pensaient pas à mal. Ils étaient simplement en train de se vanter et de faire les malins parce qu'ils avaient bu un coup de trop.

— Vous venez du Fort ? Vous êtes en permission ? demanda Crick après un instant.

— J'ai quitté le Fort, dit Abilene. C'est trop calme, maintenant. Les gars sont pour ainsi dire tous revenus dans la Réserve, et ceux qui n'y sont pas crèvent de faim dans les montagnes. La police de la Réserve et une poignée d'éclaireurs apaches suffisent pour s'en occuper. J'en ai marre, des lits de camp et du rata. Du reste, les lits sont tous trop courts pour moi...

Crick s'avança d'un pas et le regarda sous le nez.

— Alors, vous allez rester avec nous ?

— Non, dit Abilene. Je suis simplement venu en touriste, comme les gens qui viennent de Phœnix. Je compte pousser vers le sud, comme je l'ai déjà dit à M. Todhunter.

Les mineurs dévisagèrent Toddy avec des yeux nouveaux. Abilene l'avait appelé « M. Todhunter ». Cela valait une accolade.

— Il y a pas une chambre de libre dans toute la ville, fit Crick.

— Abilene, intervint Toddy en prononçant ce nom avec une certaine timidité, le juge Paul vous hébergera aussi longtemps que vous aurez envie de rester. Il a toute une maison pour lui, et il vit tout seul, à part une vieille Indienne. Il y a toute la place qu'on veut chez lui, et ça lui fera plaisir. C'est lui le maire d'Alkali, maintenant.

— Je ne voudrais déranger personne. Les gens n'aiment pas qu'un étranger vienne s'installer chez eux et chambouler leurs habitudes. Je peux dormir n'importe où.

— Eh bien, fit Toddy en craignant de trop insister, allons ensemble en ville. Vous pouvez toujours voir le juge. C'est un type sympathique. Les hôtels sont tous archicombles, ils en sont à mettre des lits de camp dans les couloirs. Mais si vous ne voulez pas rester chez le juge Paul, je m'arrangerai pour vous avoir une chambre à l'hôtel du Commerce.

— Et à flanquer quelqu'un dehors ? Non, non ! dit

Abilene. Ne vous en faites pas pour moi. Je dormirai sur une roche pointue au besoin.

Mais Toddy s'obstinait. Une vague idée commençait à germer dans sa tête, une idée que, pour l'instant, il n'aurait avoué à personne, pas même à lui-même.

— Très bien ! dit Abilene. Je vous accompagne. Ça n'engage à rien.

Les mineurs agitèrent les bras en signe d'adieu, puis se formèrent en un groupe compact pour échanger leurs impressions. Le contremaître lui-même ne protesta pas. L'arrivée d'Abilene dans le campement était un événement sensationnel, comparable à l'arrivée d'un membre de la famille régnante dans une petite principauté de province.

CHAPITRE III

En arrivant en ville, Toddy crut remarquer une ombre qui les suivait sur leur droite. Abilene avançait tranquillement, l'énorme *pinto* trottant à son côté. Les yeux fixés droit devant lui, il semblait se désintéresser totalement de ce qui se passait aux alentours. Puis, brusquement, il dit à Toddy :

— On a de la compagnie ! Pourquoi donc ?

— Je... je ne voudrais pas vous embêter avec mes soucis personnels, dit Toddy. Mais on a pas mal d'embêtements avec nos concessions.

— Je vois, dit Abilene sans faire de commentaires.

A l'instant où ils allaient atteindre les premières maisons, Chickasaw leur coupa la route. Ils s'arrêtèrent.

— Qui c'est votre copain, monsieur Toddy ? Ça lui fait rien si j'emmène son cheval à la remise ?

Comme Abilene ne disait mot, Toddy expliqua :

— Il n'est pas d'ici. Il vient d'arriver et il cherche une chambre pour la nuit.

— Je vais m'occuper de son canasson. Il en a plus besoin, à cette heure-ci.

— Allez, file en vitesse, mon petit gars, dit Abilene.

Le jeune voyou parut frappé de stupeur.

— Vous savez pas qui je suis, sinon vous me causeriez pas comme ça ! Je suis Chickasaw.

Il y eut une brève pause, puis Abilene reprit :

— De l'air, fiston !

Chickasaw recula rapidement d'un pas, pour dégainer, mais s'immobilisa brusquement en entendant la voix flegmatique d'Abilene s'élever à nouveau :

— Si tu as le malheur de toucher ton revolver, tu es mort, fiston !

— Qui vous êtes ? hoqueta Chickasaw, avec effroi.

— Un étranger qui ne s'occupe que de ce qui le regarde et qui n'embête personne. Allons, Chickasaw, tu tiens vraiment à t'attirer des ennuis ?

— Ben, bon, okay, fit le gars d'une voix légèrement chevrotante. Du moment que vous êtes qu'un étranger qu'embête personne... Okay !

— Marche devant moi pour rentrer en ville, dit Abilene. Et ne t'avise pas de profiter de l'obscurité pour te défiler, parce que je n'aime pas ces façons-là. Allez, décampe ! Tout droit devant moi. Et sans rancune, Chickasaw.

Le jeune dur hésita un instant. Il avait une trouille noire, mais il ne l'aurait admis pour rien au monde. Une bande de mineurs en goguette, en route pour la ville, passa sur leur droite. Un deuxième groupe se joignit à eux ; on entendit quelqu'un crier :

— Tu vas voir si je suis un menteur ! Je l'ai vu de mes propres yeux !

Du chaparral monta une voix tonitruante :

— Les gars, y a Abilene qui vient d'arriver en ville. On y va ?

Pendant un moment, le jeune Chickasaw resta figé. Puis, sans rien dire, il fit demi-tour et s'avança dans la ville. Toddy eut l'impression qu'il chancelait légèrement en se mettant en marche.

A mesure qu'ils avançaient, le tumulte grandissait autour d'eux. Abilene regardait les boutiques, les saloons, les tripots et les dancings, et il hochait la tête, l'air émerveillé.

— Je me rappelle encore quand Alkali n'était qu'un amas de roches, avec du sable et des cactus, dit-il. Les Apaches ont tué trois prospecteurs, juste à l'endroit où se trouve le dancing mexicain, là-bas. J'ai aidé à les enterrer, et on a suivi la piste des *broncos*[1] jusque dans les Chiricahuas ; puis on les a pris au piège. Ils avaient embarqué le whisky des prospecteurs, et ils étaient tellement soûls qu'ils ne savaient même pas s'ils étaient en train de se battre ou de danser. C'est la bagarre la plus facile que j'aie jamais eue avec des *broncos*.

— Il y a longtemps que vous connaissez cette région ? demanda Toddy avec respect.

— Depuis 74, répondit Abilene.

Les trois gros bonnets étaient installés autour d'une table, dans la grande maison de bois — neuve, mais déjà délabrée — du juge Paul. Ils buvaient du whisky tout en racontant leurs ennuis. Quand ils eurent enfin terminé, Abilene resta un bon moment à réfléchir en silence, le chapeau sur les genoux, un gobelet de whisky à la main.

— J'ai entendu parler de Lawless, dit-il enfin. Il a une sacrée réputation. Mais tout de même, messieurs, vous n'allez pas me dire que vous avez songé un seul instant à le prendre comme associé, simplement parce qu'il le demande ?

1. Apaches hors la loi n'appartenant à aucune tribu. (N.d.T.)

— Il nous a laissé jusqu'à demain midi pour décider.

— Mais enfin, s'il s'avisait d'user de violence pour vous faire céder tous les trois, les gens d'ici le pendraient !

— Et nous, on serait déjà morts ! fit observer le juge. D'ailleurs, les gens ne le pendraient pas. Il serait plutôt élu maire. Lui et sa bande peuvent terroriser toute la ville comme rien. Nous n'avons aucune défense ici, Abilene. C'est plutôt chacun pour soi, et que les loups se mangent entre eux !

— Moi, si j'étais le propriétaire des claims... commença Abilene.

Puis il se tut.

— Ça peut se faire, dit vivement le juge Paul. Nous serions heureux de vous avoir comme associé.

Abilene rougit, embarrassé.

— Je regrette ce que je viens de dire là, messieurs. J'aurais dû me douter que vous le comprendriez de travers. J'ai tout l'argent qu'il me faut en poche. Dans les deux cents dollars ! Quand un homme a trop d'argent, c'est l'argent qui le possède. Et, vous trois, on peut bien dire que vous êtes payés pour le savoir, messieurs ! Non, moi, je ne fais plus la guerre pour personne. Je n'aime pas le carnage. Il n'y en a déjà eu que trop comme ça, dans l'Ouest. Je me contente de me défendre personnellement, un point, c'est tout !

Les trois gros bonnets poussèrent un soupir et burent leur whisky en silence. Finalement, le juge Paul revint à la charge.

— Pardonnez-moi si j'insiste, mais j'ai l'impression que vous ne vous rendez pas exactement compte de l'importance de cette affaire. Il s'agit de millions, monsieur ! De millions !

— Je vous ai déjà répondu à ça, dit Abilene. (Il

avala d'un trait son whisky et se leva.) Messieurs, j'aimerais vous aider mais, comme je vous l'ai déjà dit, je ne tiens pas à me mêler des affaires d'autrui. Je tiens à rester en vie le plus longtemps possible, en m'occupant uniquement de ce qui me regarde, et en vivant à ma façon. Voyez-vous, on n'a qu'une vie... Après, on ne sait pas trop ce qui se passe. Allons, j'aime mieux profiter de celle-ci. (Un bref silence suivit, pendant lequel Abilene contempla les visages mélancoliques et découragés de ses compagnons.) Allons, allons, messieurs ! Vous, monsieur le Juge, vous êtes le maire de cette ville. Vous avez sûrement une demi-douzaine d'adjoints à votre disposition. A quoi servent-ils ? Dites-leur de chasser Lawless de la ville. C'est un scélérat notoire. Qu'est-ce qu'ils font, vos adjoints, pour gagner leur vie ?

— Ils s'occupent de la prison, dit amèrement le juge Paul. Et chaque fois qu'il y a quelque bagarre, ils sont ailleurs, en train d'afficher des avis d'impôts, ou de chercher des chevaux et des mulets volés. Quelquefois, ils arrêtent des Mexicains et des Indiens pour ivresse publique, histoire de se faire un peu de fric.

— Qui est votre shérif ?

— Tonto Drews.

Abilene éclata d'un rire sonore, puis se reprit en disant :

— Vingt dieux ! Dans le temps, il avait une salle de billard à Stinking Springs. Les jeunes Mexicains s'amusaient souvent à le chasser de sa propre boîte. Une fois, il s'est enfermé à clé dans les cabinets pour leur échapper et ils y ont mis le feu. Tonto s'est finalement sauvé en courant, avec ses pans de chemise en flammes.

Tabe Cates rit tristement. Toddy poussa un gémissement.

— Vous voyez ! dit le juge Paul. Il est difficile de trouver des adjoints à Alkali. Il n'y en a pas un seul capable de faire respecter la loi avec un individu comme Lawless. Est-ce que cela vous plairait de devenir shérif ?

Abilene réfusa catégoriquement en secouant la tête, faisant danser ses longs cheveux blonds sur ses épaules.

— Non, Juge ! J'ai assez de mal à m'empêcher moi-même de faire des bêtises. Merci quand même ! Eh bien, sur ce, je crois que je vais aller voir un peu ce qui se passe en ville. Ça fait je ne sais plus combien d'années que je n'ai pas été dans une pareille ville. J'ai même l'impression qu'il n'y en a plus et qu'Alkali est la dernière !

— Alors, revenez ici pour dormir, dit le juge Paul. J'ai une grande chambre avec un bon lit que vous pouvez prendre — et il n'y a pas de condition à ça ! Simplement ça me fera plaisir de vous avoir chez moi, Abilene... Il y a des années que j'entends parler de vous sur toute la Frontière. Je suis moi-même un Ancien. Vous serez toujours le bienvenu ici, Abilene.

Toddy et Tabe jetèrent un regard plein d'admiration au juge Paul. Un finaud, ce juge ! Un homme qui savait presque toujours trouver les mots qu'il fallait dire quand il était à jeun, et même parfois quand il avait bu. Abilene en devint rouge ; il remua les pieds, l'air embarrassé.

— Je ne voudrais pas vous déranger, Juge. Franchement, je voudrais bien pouvoir vous aider ! Mais je vous ai expliqué mon point de vue. Je regrette, vraiment.

— N'en parlons plus, fit le juge avec un geste grandiose.

Toddy se leva rapidement.

— Ça vous fait rien que je vous accompagne en ville, Abilene ? Je vous montrerai ce qu'il y a à voir.

Abilene eut une brève hésitation.

— D'accord ! fit-il cependant. Allons-y tout de suite. Je ferai peut-être un petit poker, s'il y a un endroit où on ne force pas trop la mise.

Toddy eut une inspiration. Un éclair flamba dans ses yeux noirs, avant même qu'il eût le temps de voiler son regard.

— Une petite partie de poker ? Mais oui, certainement ! Je pense qu'on pourra trouver ça à « l'Oriental ».

Tabe et le juge Paul furent remplis d'admiration pour la présence d'esprit de Toddy. Mais ils restèrent là à regarder Abilene, d'un air innocent, sans faire le moindre commentaire.

— Eh bien, c'est ça, dit Abilene. Vous me montrerez où c'est.

Au moment où Toddy et Abilene sortaient, le juge rappela Abilene.

— Vous logerez chez moi, Abilene, n'oubliez pas ! Je vous attends. La vieille Martha va préparer votre lit.

— Vous êtes vraiment très aimable, monsieur le Juge, dit Abilene. Merci beaucoup.

Le juge habitait dans une rue sombre, à une centaine de mètres au nord de Chaparral Avenue. A mesure qu'ils approchaient du centre de la ville, Abilene et Toddy distinguaient au-dessus des toits le halo rougeâtre des lumières, et le vacarme essentiellement à base de coups de marteaux qui marquaient à longueur de cadran, les activités de la Nouvelle-Ville.

Une ombre les suivait à la trace, se camouflant de façon à ne jamais perdre de vue leurs silhouettes qui se découpaient sur les lumières lointaines de Chaparral Avenue. Abilene finit par s'arrêter brusquement et se retourna.

— Je n'aime pas qu'on me suive, jeune homme, dit-il d'une voix forte. Ça me rend nerveux, et, quand je m'énerve, il m'arrive de tirer sur n'importe qui, histoire de me changer les idées. Si tu as envie de m'accompagner en ville, amène-toi ici.

Chickasaw surgit de l'obscurité, l'air penaud.

— Je voulais seulement vous poser une question, monsieur. C'est vous, Abilene ?

— C'est le nom qu'on me donne.

— Merci bien, monsieur. Je m'en vais.

Chickasaw s'éloigna à reculons, puis disparut rapidement au premier coin de rue.

— Je suis désolé de tous ces embêtements qu'on vous cause, Abilene, dit Toddy, alors que tout ce que vous voulez, c'est vous amuser un brin.

— Ça n'a pas d'importance, dit Abilene, conciliant.

La nouvelle de son arrivée s'était déjà répandue, colportée de bouche à oreille, quand Abilene fit son apparition sur le trottoir de caillebotis de Chaparral Avenue, se dirigeant vers « L'Oriental » en passant sous les auvents en bois qui, dans la journée, protégeaient les passants du soleil ardent. On se bousculait derrière lui, pour l'approcher le plus près possible ; une voix déclara :

— Eh bien, voilà Alkali au complet. Maintenant on a tout.

D'autres, des inconnus venus de Dieu sait où, le hélaient hardiment au cri de : « Hé ! Salut, Abilene ! » Et d'un geste détendu, en souriant, Abilene leur répondait. Il dominait presque toute cette foule de la tête et même des épaules car, avec ses bottes à hauts talons et son grand chapeau, il devait bien faire ses deux mètres dix.

Une véritable cohue se pressait sur ses talons quand il franchit la porte de « L'Oriental » ce qui provoqua une forte bousculade. Sans l'intervention rapide d'une demi-douzaine de barmen et de garçons de salle qui, poliment mais fermement y mirent bon ordre, une violente bagarre n'aurait pas manqué de se produire.

— Abilene ! c'est Abilene ! se criait-on d'un côté de la rue à l'autre. Sûr qu'il est là ! On l'a vu !

Enervé par cette bousculade, Tonto Drews, le shérif, se mit à injurier tout le monde ; sur quoi quelqu'un le fit culbuter par-dessus la balustrade déchaînant un formidable éclat de rire général et des applaudissements frénétiques.

Ce n'était pas une partie de poker bien tranquille, loin de là. Ils étaient six, avec Abilene et Toddy, et il y en avait au moins quatre qui se faisaient du mauvais sang. D'abord, on pouvait à peine s'entendre et moins encore penser dans le vacarme grandissant. Les gens du cru amenaient des voyageurs de Phœnix et de Tucson pour leur montrer Abilene, assis tranquillement dans son coin, le dos contre le mur, prudemment éloigné de toute fenêtre, et qu'ils leur présentaient comme l'une des curiosités les plus remarquables d'Alkali, cette puissante métropole du Sud-Ouest.

— Je me réserve, fit Abilene. Vingt dieux ! je n'arrive pas à avoir un jeu convenable, ce soir !

Il avait déjà perdu quarante dollars.

Toddy gagnait, mais, sous son chapeau, la sueur perlait à son front.

Un des joueurs était en train de distribuer une nouvelle donne ; Abilene se roulait une cigarette quand, en levant les yeux, il aperçut Chickasaw qui essayait d'attirer son attention ; la figure ronde du jeunot était toute pâle. Dès qu'il se rendit compte qu'Abilene l'avait remarqué, Chickasaw s'approcha rapidement de la table et dit :

— Abilene, s'iou plaît, vous pouvez venir dans le bureau, un moment ?

Pour toute réponse, Abilene secoua négativement la tête, alluma sa cigarette et ramassa ses cartes. Toddy se rapetissa dans son fauteuil. Les quatre autres joueurs se mirent à transpirer à grosses gouttes, en jetant à la ronde des coups d'œil furtifs. Il y avait quelque chose dans l'air.

Chickasaw pivota et disparut. Un instant plus tard, il reparut en compagnie de Buford Lawless. Lawless portait une veste foncée, en gros tissu, comme s'il arrivait à l'instant du désert. Son grand chapeau noir était couvert de poussière.

— Abilene, cria Lawless, un de mes gars vous demande poliment de passer dans son bureau, et vous ne bougez pas ! Ça n'est pas très poli !

— Une minute, voulez-vous ? fit Abilene, en souriant. Pour une fois que j'ai réussi à avoir une paire… J'en prends trois…

Le visage étroit de Lawless devint dur comme un silex.

— Abilene, dit-il. Le type qui me fera attendre n'est pas encore né. Surtout pas un type qui fait des mises si minables au poker. Je vous ai demandé de venir dans mon bureau. Maintenant, je vous l'ordonne.

Les mains de Toddy tremblaient tellement qu'il n'arrivait pas à distribuer les cartes.

Abilene regarda celles qu'il avait tirées, grogna et les reposa sur la table.

— Ça m'apprendra à en demander trois, dit-il. (Puis il leva la tête pour dévisager Lawless.) Vous y allez un peu fort, mon bonhomme. C'est drôle ! Je ne vous connais même pas. Mais s'il y a une chose dont je suis sûr, c'est que je n'ai rien à faire avec vous.

Lawless était blême de rage. Ses yeux semblaient jeter des éclairs.

— Je suis Buford Lawless, et je vous répète que, moi, j'ai quelque chose à vous dire !

A la table, tout le monde avait cessé de jouer. Abilene jeta un coup d'œil à ses partenaires, d'un air de reproche.

— Si quelqu'un distribuait les cartes ? dit-il. Il faut que je prenne ma revanche.

Un des quatre joueurs ramassa hâtivement les cartes et fit semblant de les battre.

— Ecoutez, Lawless, fit Abilene, je vous répète que je n'ai rien à faire avec vous. Et vous, vous n'avez rien à faire avec moi. Restons-en là. Comme ça, personne n'aura de bobo.

Lawless eut un rire mauvais.

— Parce que ça vous ennuierait qu'il vous arrive quelque chose ?

— Bien sûr ! dit Abilene. C'est le cas d'un type sur deux, dans le monde entier. Le hic, c'est qu'il y en a qui ne l'admettraient pour rien au monde !

Un silence de mort régnait maintenant dans la salle archicomble.

— Vous ne voulez pas venir avec moi, Abilene ?

— Non, merci !

— Okay, fit Lawless. Alors écoutez-moi bien ! Je

vous donne jusqu'à demain midi pour déguerpir de cette ville.

On entendit dans la salle des hoquets de stupéfaction et de frayeur.

Abilene regarda le joueur de poker qui était censé faire la donne.

— Alors, mon vieux, donnez donc les cartes. (Puis il dévisagea Lawless.) Voilà une chose que vous n'auriez jamais dû dire. Vous la retirez ?

Lawless lui rit au nez.

— *All right!* fit Abilene. On se reverra sur le Chaparral vers midi.

Lawless tourna les talons et disparut. Les hommes qui avaient montré un tel empressement à entrer à la suite d'Abilene mirent le même empressement à quitter « l'Oriental », pour colporter dans tout Alkali la nouvelle qu'un combat au revolver aurait lieu le lendemain.

On s'écrasait à la porte pour vider les lieux, cela tournait à la panique.

La partie de poker continua. A la fin, Abilene lança un coup d'œil à Toddy :

— Vous êtes plus malin que vous n'en avez l'air, monsieur Todhunter !

Puis il éclata de rire.

Toddy se méprit sur le sens de ce rire. Le colosse le rendait responsable de cet incident ! D'un seul coup, il s'effondra et glissa sous la table, comme un poivrot qui a son compte.

Abilene ouvrit de grands yeux en voyant l'assistance s'affairer, à grand renfort de verres d'eau et de bouteilles de cognac.

— Mais, qu'est-ce qui lui arrive ? demanda-t-il.

— C'est son cœur, expliqua quelqu'un. Il est très

mauvais, son cœur. Pourvu qu'il ne soit pas parti pour de bon, cette fois !

Sous la table, les paupières closes, Toddy s'adressait à lui-même des félicitations.

CHAPITRE IV

Nerveux, incapable de dormir, le juge Paul était debout à l'aube. Il se rasait à la fenêtre de sa chambre, tout en maudissant la vieille Martha ; son eau de toilette était tiède, et le café qu'elle venait de lui servir avait un goût de balayures et de vieux cuir. Les Indiens, c'était bien connu, ne savaient pas faire le café ; mais ce matin, c'était un comble.

Au beau milieu de la nuit, une horrible pensée avait frappé le juge comme un coup de massue. Sa main en tremblait encore, à tel point qu'il avait peur de se trancher la gorge avec le grand rasoir à manche qui lui venait de son père... Dieu ait son âme !

Tabe et Toddy arrivèrent à huit heures pour prendre le petit déjeuner avec le juge Paul. Tandis qu'ils s'installaient à la table dressée pour quatre, Toddy demanda :

— Où est Abilene ?

— Je ne l'ai même pas encore entendu bouger dans sa chambre, dit le juge Paul. Je me demande comment un type peut dormir aussi tranquillement en sachant ce qui l'attend ?

— Je ne crois pas que ça le tracasse beaucoup, dit Toddy avec une certaine suffisance.

— Lui, peut-être pas, dit Tabe. Mais, si c'était moi, je me ferais de la bile. Vous n'avez jamais vu

Lawless tirer ? Je l'ai vu faire rouler un bidon sur quinze mètres en tirant à vingt ou trente pas, tout juste assez en dessous pour qu'il roule sans sauter en l'air. Et Chickasaw le vaut, ou c'est tout comme.

Le juge grogna.

— Il ne va pas se battre contre Chickasaw ou contre qui que ce soit d'autre que Lawless. Il y a des gars, dans la rue, qui pourraient bien s'en mêler, si les types de Lawless avaient l'intention de brouiller les cartes à ce petit jeu-là.

— Quels gars ? demanda Tabe carrément.

Il y eut un long silence, pendant que les trois gros bonnets faisaient un sort à l'énorme collation que Martha leur avait préparée. Une fois la table desservie, le juge Paul distribua des cigares et dit :

— Les gars, on est dans le pétrin. A un point que vous ne pouvez pas imaginer !

Tabe et Toddy le regardèrent tous les deux d'un air inquiet.

— Comment ça ?

— Eh bien, dit le juge Paul d'une voix qu'il s'efforçait de rendre assurée, supposons qu'Abilene perde cette manche. Je sais, c'est un type formidable, mais ça fait tout de même plus de dix ans qu'il n'arrête pas de tenter le diable. Il y a une loi du hasard : la veine, ça ne peut pas durer toujours, et pour personne ! Même pas pour Abilene.

— Pour nous, la situation ne pourra pas être pire qu'avant, dit Toddy.

— Si, fit le juge Paul. Lawless doit s'imaginer que nous avons embauché Abilene. Il ne sait pas que tout ça n'a été qu'un hasard et un invraisemblable malentendu de tous les côtés.

Tabe devint blême.

— Dans ce cas, faut qu'on le mette au courant, ou bien alors, c'est nous qui y passerons.

C'est alors qu'ils virent avec ébahissement et consternation Toddy se lever d'un bond, en assenant des coups de poing sur la table, et se mettre à brailler :

— On ne le mettra au courant de rien du tout, ce salopard. Nous sommes déjà assez ignobles comme ça sans empirer encore les choses.

— Plaît-il ? fit le juge Paul, s'enveloppant dans sa dignité de magistrat.

— Moi, j'en ai marre, de tout ça ! Marre, marre et marre ! cria Toddy. Ça doit bien exister quelque part l'honnêteté, le respect de soi-même !

Il suffoquait, et se mit à tousser.

Avec douceur, Tabe força Toddy à se rasseoir dans son fauteuil.

— Du calme, mon vieux. Ménage ton cœur !

Un silence morne régna pendant un bon moment.

— Toddy, dit à la fin le juge Paul, tu as l'air d'oublier que c'est toi qui as entraîné Abilene dans cette histoire. Ne t'en prends donc pas à nous !

— Je sais bien que c'est moi, dit Toddy, et je n'ai pas pu fermer l'œil de la nuit en y pensant. Ce grand type a l'air tellement naïf et candide, bien qu'il ait roulé sa bosse un peu partout du côté de la Frontière.

— Naïf, ce n'est pas le mot. Simplement c'est un vieux de la vieille. L'Ouest n'est plus ce qu'il a été. Moi aussi, j'ai roulé ma bosse pendant près de douze ans. Abilene est pareil aux premiers gars qui sont arrivés dans ce pays. Il y a chez lui une espèce de grandeur d'âme. Mais ça n'a rien à voir avec de la naïveté. Lawless, lui, est de la nouvelle espèce. Et dire qu'il est du Kentucky, comme moi ! J'ai honte de le dire !

Tabe et Toddy jetèrent sur le juge Paul un regard intéressé.

— De la même région que toi ? demanda Tabe.

— Non. Moi, je suis de Paducah. Lui, il est du Nord, quelque part du côté d'Ohio River, presque en face de Cincinnati.

— Comme le monde est petit ! fit Toddy. Je n'y suis pas né, mais Cincinnati c'est un peu comme ma ville natale.

La conversation en était là quand Abilene fit son entrée et vint se joindre aux autres. Il était rasé, peigné, ses vêtements brossés. Il portait une légère chemise de coton à carreaux.

— J'ai dormi trop longtemps, on dirait, fit-il en s'installant à table. Votre lit est formidable, Juge ! Il y a des années que je n'avais pas dormi dans un vrai lit.

Les trois gros bonnets, mal à l'aise, échangèrent des banalités pendant que Martha préparait le petit déjeuner d'Abilene, et qu'Abilene, nonchalamment accoudé à la table, fumait une cigarette qu'il avait roulée lui-même.

— Coquin de sort ! finit-il par dire, je regrette de ne pas avoir dormi jusqu'à onze heures. Rien ne m'obligeait à me lever avant.

Les trois hommes échangèrent un regard puis, à la dérobée, se mirent à scruter Abilene. Il avait l'air parfaitement tranquille et détendu.

— Vous comprenez, dit Abilene. Plus longtemps on attend, dans une histoire comme celle-là, et plus on a la frousse.

— Vous voulez dire que vous, vous avez la frousse, Abilene ? demanda Tabe, incrédule.

— Evidemment, que j'ai la frousse ! Il n'y a pas un type au monde qui n'ait la frousse au moment où il va servir de cible. L'ennui, avec les gens comme vous, c'est que vous croyez tout ce qu'on écrit dans les journaux sur les « héros du Far West ». Tout ça, c'est des histoires ! S'il existe un seul type qui ne soit pas nerveux ou n'ait pas la frousse, c'est qu'il est bourré de whisky, ou alors, c'est une vraie tête de lard.

— A vous voir, on ne dirait pas que vous avez la frousse, dit Tabe en souriant.

— Vous ne pouvez pas voir ce qui se passe en moi, dit Abilene.

Ce qui ne l'empêcha pas, quand la vieille Martha lui apporta son petit déjeuner, de nouer avec elle une longue et joyeuse conversation en navajo. A la stupéfaction du juge Paul, cette dure à cuire de Martha, toujours solennelle et guindée, se mit à jacasser et à pousser de petits rires comme une jouvencelle. Et, au lieu de s'occuper du service en traînant, avec la lenteur enrageante d'un escargot, elle s'affairait autour de la table, le pied agile et l'œil vif.

Quand elle fut sortie, Abilene dit :

— Je connais deux de ses petits-fils. Ils surveillent des troupeaux de moutons dans la réserve navajo. J'ai vécu avec eux pendant six mois, la première fois que je suis venu dans ces régions.

Sur quoi Abilene entreprit de leur raconter quelques-unes de ses aventures, dans le Far West ; tandis que l'horloge faisait entendre son tic-tac monotone. Peu à peu leurs craintes s'évanouissaient. Dix heures sonnèrent, puis dix heures et demie, et déjà, les trois gros bonnets commençaient à trouver que cette journée-là n'était, après tout, qu'une journée comme les autres.

A midi moins le quart, Toddy prit Abilene à part, dans le hall d'entrée de la maison du juge.

— Abilene, j'ai quelque chose à vous dire. C'est exprès que je vous ai entraîné à « L'Oriental ».

En souriant, Abilene baissa la tête vers le petit homme tremblotant.

— Je le sais. Et vous voulez que je vous dise quelque chose ? Je vous ai presque admiré. Dans la vie, il faut se défendre comme on peut !

— On vous fera riche, Abilene, que vous le vouliez ou non, dit Toddy.

Abilene eut un léger recul.

— Oh ! que non ! Je ne me laisserai jamais faire. Je suis un homme libre, monsieur Todhunter, et un homme riche qui soit en même temps libre, ça n'existe pas sur la terre.

— Vous, alors, vous avez vraiment de drôles d'idées, dit Toddy en secouant la tête.

A midi moins deux, Abilene boucla sa ceinture. Les trois autres le regardaient en silence.

— Maintenant, un mot, messieurs : ne vous montrez pas curieux, ne mettez pas le nez dehors. Ça sera vite terminé, d'une façon ou d'une autre !

Puis il écarta les rideaux de la porte vitrée, pour regarder dans la rue.

— Tiens, voilà Chickasaw ! s'exclama-t-il d'un air légèrement surpris. Là, de l'autre côté ! Monsieur Todhunter, allez donc dire à ce gars que, s'il ne fiche pas le camp de là, un accident pourrait lui arriver.

Toddy hésita un instant, la bouche crispée, puis il se redressa et sortit en refermant lentement la porte derrière lui. Il lui sembla soudain que la rue s'élargissait et que Chickasaw, par quelque mystérieux sortilège, s'éloignait de lui à mesure que Toddy s'approchait. Il se sentit comme un homme perdu dans le désert, et qui court après un mirage. Il finit quand même par atteindre l'autre côté de la rue.

Abilene était resté derrière la porte. Il observait, par la vitre, les pourparlers qui traînaient en longueur. A la fin, Toddy revint en vitesse.

— Il veut vous parler, à vous, Abilene. Il dit qu'il n'est pas là pour se bagarrer. Simplement pour causer !

Abilene hocha la tête, ajusta ses revolvers et se retourna.

— Eh bien, au revoir, messieurs. Ne bougez pas de la maison ! A tout à l'heure j'espère !

Il sortit et les trois autres restèrent là, à scruter la rue du regard à travers le rideau, tout tremblants, de peur et d'émotion. Et aussi de curiosité ! Finalement, ce fut celle-ci qui l'emporta.

— Qu'on ne compte pas sur moi pour rester ici, déclara tout net le juge Paul. Et vous, les gars ?

— Nous, non plus, dit Toddy. Mais surtout, qu'il ne nous voie pas !

Ils approuvèrent tous, solennellement, d'un hochement de tête.

Chickasaw gardait les mains à une bonne hauteur, pendant qu'Abilene s'approchait lentement de lui en traversant la rue ; la main droite du jeunot tenait une cigarette, et la gauche tripotait le foulard rouge et or qu'il arborait en guise de cravate.

— Tu as quelque chose à me dire, Chickasaw ? Alors, cause vite !

— Oui, monsieur ! Vous et Buford, c'est une affaire personnelle ; c'est c' qu'on a décidé, moi et les gars. Une bagarre entre vous, d'homme à homme. Nous, on fait qu' regarder. C'est ça que je voulais vous dire.

Abilene le scruta.

— Pourquoi ?

— Eh ben ! nous, on ne marche plus. Buford, il commence à nous faire suer. Nous, on n'a rien contre vous. Buford, il pense plus qu'à l'argent ; ça le rend fou ! Evidemment, l'argent c'est bien, mais faut tout de même pas exagérer. En plus de ça, y a autre chose. Nous, on est aux ordres de personne ! Si on est d'accord, on marche ; sinon, rien à faire ! Buford, il a dans l'idée de nous commander. S'il fait pas gaffe avec les gars, il va lui arriver des ennuis.

— *All right,* dit Abilene.

Mais Chickasaw n'avait pas encore vidé son sac. Il semblait avoir accumulé pas mal de rancune.

— On l'a tiré du pétrin à Stinking Springs. Si on n'avait pas été là pour lui donner un coup de main, il aurait eu son compte ; et pourtant, on n'était pas d'accord : on a fait ça en copains, c'est tout ! Nous autres, quand on s'est rencontrés à Agua Prieta, y avait personne qui commandait, on était tous pareils. On était simplement des gars qui faisaient route ensemble ! Maintenant, Buford, il s'imagine qu'il a le droit de commander tout le monde. Hier, y avait Spearmint qu'avait un coup dans l'aile, et j'ai été forcé de lui flanquer un coup sur la gueule pour l'empêcher de tirer sur Buford. Et ça, c'est pas bon, j' vous dis. Ici, c'est déjà assez coriace comme ça, mais quand des gars qui font route ensemble commencent à se bagarrer entre eux... alors, bonsoir !

— Là, tu n'as peut-être pas tort, fit Abilene. Maintenant, écoute-moi ! Je vais monter la Cinquième Rue jusqu'au Chaparral, et, après, je descendrai le Chaparral au milieu de la chaussée, en allant vers « L'Oriental ». Buford n'a qu'à venir par l'autre bout de l'avenue pour me rencontrer. Qu'il commence à tirer quand il sera prêt. Autre chose, pour ta gouverne : si par hasard, il y a un guet-apens, quelques-uns pourraient bien se faire pendre !

— Pas de danger que ça soit nous, je vous jure ! s'écria Chickasaw, farouche.

— *All right !* Va-t'en maintenant !

Chickasaw fit demi-tour après un bref hochement de tête et partit d'un pas précipité dans la Cinquième Rue qu'il quitta à Coloradas pour tourner à gauche, dans une ruelle latérale débouchant derrière les maisons du Chaparral. Dès qu'il l'eut vu disparaître, Abilene se mit à monter la Cinquième Rue en direction de l'artère principale, Chaparral Avenue.

La grande horloge de l'hôtel sonna midi un quart au moment où Abilene arrivait en vue du Chaparral. Le soleil du désert déversait sa lumière sur Alkali, durcissait les ombres courtes qu'on aurait dit découpées dans du papier noir. En plein midi, la ville offrait l'aspect délabré d'un décor minable monté au petit bonheur.

Abilene avait été vite repéré. Au moment où il déboucha sur la chaussée ensoleillée, large de dix-huit mètres de Chaparral Avenue, il la trouva déserte, à l'exception de quelques Indiens somnolents accroupis çà et là sur le trottoir, et de quelques baudets à l'attache qui agitaient leur queue pour chasser des nuées de mouches.

Abilene avança jusqu'au milieu du carrefour de Chaparral Avenue et de la Cinquième Rue, puis se tourna et regarda à droite, puis à gauche. Mais il n'aperçut aucune trace de Buford Lawless. Abilene attendit debout, en roulant une cigarette et observant autour de lui d'un œil circonspect. Pendant qu'il attendait, une charrette tirée par des mulets contenant toute une famille de Mexicains arriva dans la

Cinquième Rue et s'apprêta à s'engager dans Chaparral Avenue. Sans quitter des yeux la large chaussée, Abilene agita frénétiquement le bras droit pour les faire rebrousser chemin. Il venait d'apercevoir une ombre qui se déplaçait sur l'avenue, près de la Troisième Rue. Le Mexicain retint brusquement son attelage, fit faire demi-tour à sa charrette, et reprit le chemin par lequel il était venu à bride abattue. Ce n'était pas pour rien qu'il avait vécu toute sa vie, dans cette région !

Abilene ne perdait pas de vue l'ombre dont la forme se précisait peu à peu : c'était celle d'un homme en pantalon noir, coiffé d'un grand chapeau noir, portant des bottes également noires et une chemise de coton de couleur crème. Le soleil tirait des petites lueurs fugitives des crosses des revolvers enfoncés dans des gaines sanglées aux cuisses par des lanières.

Les deux hommes avancèrent lentement, au milieu de la chaussée poussiéreuse. Du coin de l'œil, Abilene pouvait apercevoir des visages collés aux vitres des deux côtés de l'avenue.

Abilene se sentit soudain terriblement seul.

A vrai dire, c'était un solitaire-né, et la solitude ne l'avait jamais beaucoup tourmenté. Il l'aimait plutôt. Mais se trouver là, au beau milieu d'une rue déserte, en face d'un tueur résolu à le descendre tandis que d'autres gars, bien à l'abri, les observaient, ça, c'était un genre de solitude très spécial qu'Abilene ne goûtait pas du tout.

Moins de cent mètres les séparaient à présent. Des bruits commencèrent à percer le silence qui entourait Abilene : il entendit braire un mulet dans le corral, une bouteille qui se brisait dans un saloon, probablement échappée des mains d'un garçon nerveux ; le tintamarre discordant d'un piano mécanique, quelque part au bout de l'avenue ; le piaffement des mulets attachés aux balustrades ; les échos d'une conversation à voix basse échangée par quelques Indiens, ahuris, à l'abri du soleil sous les auvents de bois.

Lawless avait ralenti à mesure qu'il se rapprochait et Abilene se mit à guetter comme un aigle épie sa proie. Avait-il ralenti pour dégainer ? Certains agissaient ainsi. D'autres, au contraire, allongeaient le pas. Abilene décida de ne pas toucher la crosse de ses revolvers avant d'avoir vu Lawless faire un geste suspect. Il gardait encore l'espoir de se tirer de cette histoire sans avoir à tuer cette tête brûlée du Kentucky. A quoi ça l'avancerait ?

— Vingt dieux ! dit-il à haute voix, j'en ai trop vu, de ces imbécillités. Des jeunes gars pleins de force et de vie qu'on transforme tout d'un coup en charogne.

Lawless continuait d'avancer. A présent, Abilene pouvait voir la figure de Lawless : sous le hâle du désert, elle était d'une pâleur mortelle. Qu'est-ce que cela signifiait ? Il y avait des types qui perdaient toute couleur pendant une bagarre. Abilene avait même vu des Apaches devenir blêmes, dans le feu du combat. Mais ce n'était pas pareil ! Lawless, lui, n'avait pas l'air d'être dans son assiette. Il semblait hésiter. Son pas était mal assuré. Et puis, tout d'un coup, il s'arrêta net, se balança un instant sur ses pieds et, finalement, leva rapidement les bras en l'air et demeura ainsi.

Abilene écarquilla les yeux, bouche bée. Lawless déclarait forfait. Au vu et au su de toute la ville, il baissait pavillon !

— Okay, Abilene cria Lawless d'une voix qui

tremblait. Peut-être bien que c'est moi qui ai eu tort. J'y suis peut-être allé un peu fort.

— Peut-être bien que oui, mon gars ! cria Abilene en réponse.

Ils restèrent plantés là, à se dévisager pendant un bon moment ; puis Lawless abaissa lentement les mains. Alors les gens commencèrent à sortir en foule dans la rue, et l'air se remplit d'une clameur frénétique, où les hourras en l'honneur d'Abilene se mêlaient aux railleries adressées à Lawless. En un instant, Abilene fut entouré d'une nuée d'hommes en délire qui sautaient sur place en hurlant, comme une bande de gamins autour d'un adulte dont ils ont fait leur idole. En quelques coups d'épaule amicaux, Abilene écarta la foule pour essayer de voir ce qu'était devenu Lawless.

Il avait enfourché son cheval et essayait de se frayer un chemin pour fuir la ville. Mais il était entouré de toute une meute qui le bousculait et se fichait de lui. Abilene se rendit compte que Chickasaw et le reste de la bande de Lawless restaient plantés sur le trottoir de bois en se payant la tête de leur ancien patron. Lawless, blême de honte, semblait près de tomber de son cheval. Quelques ivrognes essayaient de le tirer de sa selle, mais il s'arracha finalement de leurs mains en les cinglant avec sa cravache. Après quoi il éperonna sa monture et fonça dans la foule, renversant plusieurs corps autour de lui comme de simples quilles. Enfin dégagé, il s'élança à bride abattue sur le Chaparral, remontant vers l'abri et la solitude des plaines de l'Est. Des coups de feu claquaient au-dessus de sa tête, et la rue n'était plus qu'un immense éclat de rire et de huées.

Abilene se sentit soudain pris de dégoût pour cette humanité. Il fit volte-face et, brutalement, se mit à jouer des coudes pour se frayer un passage à travers la foule qui, à présent, se ruait vers le bar de « L'Oriental ». Quelques types se retrouvèrent les quatre fers en l'air dans la poussière de la chaussée, mais ils ne firent qu'en rire et acclamèrent le héros de plus belle en se relevant.

Il trouva le juge Paul, Toddy et Tabe Cates au bar. Ils étaient en train de payer des tournées à tout le monde.

— Grands dieux ! s'exclama le juge Paul. Dire que ce n'était qu'une poule mouillée !

— Non ! fit Abilene, réclamant du geste qu'on lui serve à boire. Ça peut arriver à n'importe qui.

Mais personne ne le crut ni n'attacha la moindre attention à ses paroles. Quelqu'un mit le piano mécanique en marche, et quinze ou vingt gars se mirent à gambader et à cabrioler. Abilene promena son regard au-dessus des têtes et aperçut Chickasaw, debout près de la porte d'entrée, une cigarette collée au coin de sa bouche dure, et pourtant enfantine. Un sourire éclaira son visage rond.

— Ohé, Abilene ! lança-t-il en esquissant un vague salut de la main.

— Salut, Chickasaw, lança Abilene.

Mais sa voix ne recelait pas la moindre bienveillance, et le jeune voyou disparut quelques instants plus tard.

La fête continuait, et le piano mécanique martelait une polka endiablée. Brusquement, Toddy poussa un hurlement en se dressant d'un bond.

— Mais dites voir, j'y pense seulement maintenant ! C'est fini, nos embêtements ! On n'a plus besoin de s'en faire !

— C'est exact ! fit le juge Paul. Tout ce qu'il y a de plus exact !

Tabe décida aussitôt de faire un saut chez lui pour y prendre sa ceinture et ses revolvers. A vrai dire, il commençait à se sentir, comme qui dirait tout nu sans eux.

CHAPITRE V

Les jours se succédaient et, à la grande joie de Toddy, de Tabe et du juge Paul, Abilene ne manifestait nulle intention de reprendre la route. Il se levait tard, passait les après-midi à se promener à cheval dans les environs d'Alkali, « pour que ce grand veau de Nachez — c'était son cheval — ne fasse pas du lard et se maintienne en forme », expliquait-il ; le soir, il flânait, buvant un verre par-ci, par-là, ou participant à une modeste partie de poker.

Il ne se passait pas de jour qu'on ne lui proposât un boulot ou un autre. Wells Fargo le sollicitait comme convoyeur pour protéger les diligences chargées d'argent brut, car des bandes de brigands commençaient à écumer les pistes du désert. Le juge lui demanda à maintes reprises d'accepter le poste de shérif d'Alkali. Clancy Abbot, le propriétaire de « L'Oriental », à présent débarrassé de Lawless, fit savoir à Abilene qu'il lui céderait vingt pour cent des recettes de son établissement, pour peu qu'il accepte seulement de laisser entendre qu'il avait des intérêts dans les affaires de « L'Oriental ». Ed Bingham, marshal fédéral pour le district de Cochise, vint même en personne à Alkali, dans le seul but de persuader Abilene de signer un engagement comme délégué gouvernemental, avec un bon salaire à la clé et une large marge pour les notes de frais. Les trois gros bonnets d'Alkali offrirent à Abilene une part dans leurs exploitations minières, contre le privilège d'utiliser son nom dans l'en-tête de leur papier à lettres. Et lorsqu'il refusa poliment, ils biaisèrent, en déclarant qu'ils le feraient directeur de toutes leurs mines — une sinécure — pour un salaire qu'ils lui laissaient le soin de fixer lui-même.

Un soir, Abilene leur dit, en riant :

— Vous comprenez, à treize ans, je suis venu tout droit d'une ferme du Kansas pour conduire des troupeaux de bétail, et, depuis, je n'ai pas arrêté de rouler ma bosse. Il y a presque vingt ans de ça, maintenant. Voilà que je me suis arrêté en route, et c'est comme si je n'arrivais pas à me remettre en marche. Et puis, peu à peu, j'ai commencé à comprendre pourquoi. L'Ouest est en train de changer. D'abord, j'avais pensé que c'était moi qui changeais. Mais non, c'est le pays ! Les bisons ont tous disparu ; les Indiens sont dans les Réserves ; les fermiers sont venus s'installer. Ici, à Alkali, c'est le dernier souffle ! C'est pourquoi je n'arrive pas à repartir. J'ai l'impression d'être d'ici...

— Sûr que c'est ici que vous êtes chez vous, Abilene, s'empressa de dire le juge Paul, rudement satisfait du tour qu'avaient pris les confidences d'Abilene.

Mais Abilene n'avait pas terminé.

— Et pourtant, c'est comme si je n'arrivais pas à m'y faire. Evidemment, je pourrais être convoyeur. Je l'ai déjà fait assez souvent. Mais je ne me sens pas l'envie de le faire — je ne me sens pas l'envie de faire grand-chose, d'ailleurs, et c'est bien là le problème.

Dans l'espoir qu'il resterait définitivement, et de

crainte de le voir partir, excédé de leur insistance, les trois gros bonnets cessèrent de le harceler.

Un matin, au petit déjeuner, le juge Paul lui dit :

— Abilene, j'aurais besoin de vos conseils. On nous a prévenus qu'il y a des difficultés, à Tucson, au sujet des concessions minières dans notre région. Pas seulement en ce qui concerne les gisements d'Alkali, mais aussi les claims d'or d'Apache Rock, et un tas d'autres. Et nous, en fin de compte, on n'a jamais fait enregistrer nos droits à Tucson. Seulement, maintenant, nom de Dieu ! Je crois qu'il faut en passer par là si nous ne voulons pas voir les avocassiers venir nous enquiquiner. La région commence à être infestée d'avocats véreux. Il en arrive de partout, de ces filous, pour jouer toutes sortes de mauvais tours aux anciens immigrants, et profiter de leur négligence. Vous savez bien que nous sommes tous une bande d'étourdis.

— Vous n'avez qu'à faire enregistrer les concessions sans attendre, Juge, fit Abilene avec indifférence. Qu'est-ce qu'il y a donc de si compliqué à ça ?

— C'est qu'il faut aller en personne faire enregistrer les concessions, expliqua le juge Paul. C'est-à-dire que Tabe, Toddy et moi, nous sommes obligés de faire le voyage nous-mêmes.

— Et alors ? Vous en avez les moyens, tous les trois ! Vous n'avez qu'à louer une diligence, et le tour est joué.

— D'accord, pour un homme comme vous, ça paraît facile. Seulement, voyez-vous, depuis si longtemps que nous n'avons pas mis les pieds hors de la ville, je crois bien que nous ne sommes plus aussi hardis que dans le temps. Or, pas plus tard qu'hier après-midi, j'ai eu une conversation avec le marshal

Bingham. Il m'a raconté que c'est plein de brigands tout le long des pistes suivies par les diligences d'ici à Tucson. Et que Poney Noir aussi est toujours à rôder par là, avec une quinzaine de ses guerriers. Il y a des ranchers qui l'ont aperçu à moins de vingt miles au nord d'Alkali. Alors, vous comprenez, c'est assez risqué en ce moment d'aller à Tucson.

— Tiens ! Poney Noir est toujours sur la brèche... C'est un coriace, ce gars-là. On dirait vraiment que ça le démange de mourir avant l'âge. Je me souviens de lui quand il n'avait pas plus de douze ans ; il avait essayé de poignarder un instituteur de la Réserve. Quant aux brigands de grands chemins, c'est une sale engeance ! Ecoutez... Je vais vous dire. Je vais aller trouver Gila Joe et Raton. De votre côté, tâchez de vous procurer une diligence. On vous escortera júsque là-bas.

Le juge Paul se sentit aussitôt un autre homme ; il se leva d'un bond, pour administrer à Abilene de grandes tapes dans le dos.

— Une chose, juge Paul ! fit Abilene. Que Joe et Raton soient largement payés. C'est des vieux de la vieille, et ils n'ont pas eu de veine, ces derniers temps.

Le juge hocha solennellement la tête. Pour lui, Joe et Raton n'étaient que deux indésirables, paresseux et ivrognes, qu'il valait mieux ne pas encourager. Mais il n'allait pas discuter de ce détail avec Abilene ! L'affaire était dans le sac. Avec Abilene pour veiller sur eux, Tabe, Toddy et lui ne couraient pas plus de danger que trois gosses en excursion dans une voiturette à la fête du 4 juillet.

L'aube venait à peine de poindre quand ils se mirent en route deux jours plus tard.

Toddy, Tabe et le juge Paul étaient installés dans

la diligence et bavardaient avec animation en fumant des cigares.

Gila Joe, un ancien de Lincoln County, tenait les rênes, et lançait de temps en temps un jet de salive jaune sur la flèche. Raton, un ancien de Deadwood et de Black Hills était installé à côté de lui sur le siège du cocher, un Winchester sur les genoux. Derrière eux se prélassait Abilene, confortablement installé sur un siège en grosse toile attaché par des courroies à la galerie de la diligence. Le chapeau tiré sur les yeux, il somnolait tranquillement.

Gila Joe et Raton étaient des vieux de la Frontière qui avaient pas mal roulé leur bosse. Quand je dis vieux, je veux dire vieux pour cette époque et dans cette région : aucun d'eux n'avait dépassé la quarantaine. Crasseux et hirsutes ils portaient leurs cheveux longs, comme Abilene, à cette différence près qu'ils n'en prenaient aucun soin : leur chevelure était grasse et emmêlée, à la manière des Apaches. Grossiers et cyniques, ils avaient un don qui confinait au génie pour ne jamais se mêler de ce qui ne les regardait pas. Cette petite excursion à Tucson les enchantait, et la rétribution offerte par le juge Paul les avait littéralement stupéfiés.

Les heures s'écoulaient, et la diligence poursuivait sa route en cahotant. Le juge Paul et Tabe sommeillaient, et Toddy lui-même dodelinait de la tête.

Ils ne voyaient rien, du moins d'important ; quelques rapaces, deux ou trois crapauds, des lézards, des serpents à sonnettes, un coyote qui fuyait dans les broussailles, avec l'air coupable d'un gosse surpris par sa mère en train de plonger le doigt dans la confiture ; quelques busards et, de-ci, de-là, quelques empreintes de sabots qui traversaient la piste pour disparaître dans le chaparral.

De temps à autre, Raton poussait une romance en espagnol, en modulant ironiquement les harmoniques pour parodier le ténor, haut et aigu, des chanteurs mexicains. Par moments, Joe adressait aux chevaux un encouragement rauque et crachait, en visant le timon. Abilene somnolait sur son siège de toile, son Winchester posé à côté de lui sur le toit de la diligence.

A un moment, le juge Paul regarda par la vitre en gloussant.

— Ma foi, on pourrait se croire sur la route de Louisville à Lexington tellement c'est tranquille.

— Et ça nous coûte cher, avec ça, fit Tabe. Louer chevaux et véhicule, et payer ces deux escogriffes comme s'ils étaient vraiment bons à quelque chose !

— Alors, pourquoi n'as-tu pas fait le cocher toi-même, Tabe ? demanda Toddy.

— Il est loin le temps où j'aurais fait ça ! dit Tabe en riant. Maintenant, je ne suis qu'un sale capitaliste !

Il y eut une pause, puis le juge Paul demanda :

— Qu'est-ce que nous allons faire avec Abilene ? Il ne voudra rien accepter. C'est uniquement pour nous rendre service, qu'il dit.

— Ce n'est pas moi qui vais me mettre à discuter avec lui ! fit Tabe. Je n'ai jamais vu quelqu'un avoir aussi peur d'être trop riche !

Le juge Paul soupira.

— Un tas d'Anciens sont comme ça. Tu te souviens de Luke Dillon ? Il avait trouvé de l'or, et il a aussitôt cédé son gisement pour cent mille dollars qu'il a envoyés à sa famille. Il avait gardé pour lui juste de quoi aller creuser ailleurs, à la recherche d'autres gisements. Il a fallu que les gars se cotisent pour l'enterrer. C'était du côté d'Apache Rock.

Sur le siège du cocher, Joe et Raton discutaient entre eux.

— Comment il a fait, le juge, pour devenir un pareil gros lard ? demandait Joe.

— Ben, c'est à force d'être assis sur son cul, toute la journée à pinter !

— Le Todhunter, alors, tu parles d'une nouille ! Il a pas plus de cran qu'un chien de prairie. Qu'est-ce qu'il a besoin de toute cette galette. Il ferait mieux de m'en refiler un peu !

— C'est bien c' qu'il fait en ce moment ! Et rudement plus que tu ne vaux, avec ça !

— Hiop-hue ! Hue-da ! Quelle engeance ces bidets de remise ! hurla Joe pour changer de sujet. Vous vous croyez en promenade, ma parole !

Abilene se réveilla en sursaut. Raton se retourna et lui rit au nez.

— Tombe pas de ton siège ! Ça ferait mauvais effet. N'oublie pas que t'es un héros, vieux !

— Ça marche ? demanda Abilene.

— Comme ça peut, avec les canassons qu'on a, répondit Joe. Avec un plumet sur la tête, ils seraient juste c' qu'il faut devant un corbillard. Allez, hue ! Hue ! C'est juste une petite côte ! Mais qu'est-ce que vous allez devenir quand ça va vraiment monter, bande de carnes ? râla Joe en faisant claquer son long fouet dans l'air.

L'arrivée à Tucson des trois gros bonnets d'Alkali accompagnés du célèbre Abilene, le héros légendaire de la Frontière, fit sensation dans la ville. Les journalistes ne les lâchèrent pas de l'hôtel à l'Office territorial et retour, et prirent de nombreuses photos, dont une d'Abilene, Gila Joe et Raton ; Abilene entre les deux autres et les dominant d'une tête, tous armés jusqu'aux dents et l'air féroce. (Par la suite, cette photo fut publiée dans le *New York Times* et dans la quasi-totalité des journaux à gros tirage de l'Est puis, peu de temps après sa publication dans le *Times,* le *Harpers Weekly* fit paraître un long article écrit à la six-quatre-deux et farci d'inventions sur les exploits d'Abilene ; mais l'intention était bonne et l'article captivant.)

Ce soir-là, une foule de curieux se pressaient dans le bar de l'hôtel, souriant avec obséquiosité aux trois gros bonnets et contemplant Abilene et ses deux compagnons crasseux et barbus avec une sorte de crainte respectueuse. Très vite, Gila Joe et Raton s'étaient entourés d'une bande à leur convenance et ils se mirent à se vanter sans vergogne de leurs prouesses ; Gila Joe alla même jusqu'à prétendre avoir fait route jadis avec Billy le Kid, du côté de Lincoln, dans le Nouveau-Mexique. Il dit qu'après la bagarre qui coûta la vie au Kid, il avait filé l'assassin, Pat Garrett, à travers tout le Sud-Ouest.

— Le plus drôle de l'histoire, poursuivit Joe sous les regards avides de son auditoire, c'est que je ne l'ai aperçu qu'une seule fois : c'était quelque part aux confins de la *vega*[1]. Je l'ai vu surgir derrière une petite colline. J'ai levé mon Winchester, et juste au moment où j'allais appuyer sur la détente...

Arrivé là, Joe s'interrompit pour vider le fond de son verre, puis sortit tranquillement de quoi rouler une cigarette, ce qu'il fit en prenant son temps, après quoi il l'alluma et commanda un autre verre qu'il se mit à siroter d'un air absent, le regard perdu dans la glace du comptoir.

1. Plaine, en espagnol. (N.d.T.)

Ses auditeurs n'en pouvaient plus d'attendre. L'un d'eux s'exclama :

— Et après ? Qu'est-ce qui vous est arrivé ?

— Où ? demanda Joe.

— Enfin !... dans la *vega,* avec Pat Garrett !

— Qui c'est ? demanda Joe. Je connais pas ce type !

L'air ahuri des gars qui l'entouraient fit place, l'instant après, à quelques rires penauds, lorsqu'ils se rendirent compte qu'ils avaient été menés en bateau.

— Qui c'est qui paye à boire ici ? demanda Raton.

— Moi, parbleu ! lança un gros homme de l'Est d'une voix retentissante. Commandez c' qui vous fait plaisir, les gars, et autant que vous en voulez.

— Cet homme-là doit vraiment être un richard ! fit Joe.

Raton se tourna vers lui.

— Voyons, Joe ! c'est monsieur qui paie ! Finis ton histoire et fais pas le malin !

— Okay ! fit Joe. Eh ben, juste au moment où j'allais appuyer sur la détente, j'ai jeté un coup d'œil de côté, et que le diable me prenne si je ne vois pas une bande de Mescaleros[1] qui s'amènent à bride abattue sur leurs bidets. Ils étaient sur le sentier de la guerre, ça se voyait à leurs peintures, et c'était sûr que ça allait barder, les amis ! Alors Pat et moi, on s'est glissés dans une espèce de défilé, entre deux collines, et on s'est rudement défendus. On peut dire qu'on leur a drôlement fait mordre la poussière, à nous deux ! Ça n'a pas été long avant qu'ils en aient plein leur sac, et qu'ils déguerpissent en emportant leurs morts et leurs blessés. Voilà Pat qui me sourit d'une oreille à l'autre, remonte sur son cheval, me

1. Apaches du Nouveau-Mexique. (N.d.T.)

tourne le dos et s'en va tranquillement. Il avait un drôle de cran, le Pat ! Avec ça, il devait se dire qu'on était devenus en quelque sorte des compagnons d'armes, vu qu'on avait repoussé l'ennemi ensemble. Eh ben, vous savez, ça a été dur, mais je l'ai laissé filer. Et je l'ai jamais revu !

Un silence ambigu suivit et dura un bon moment. Puis Joe et Raton commandèrent encore à boire. Les occasions de boire à l'œil étant plutôt rares, et ils semblaient bien décidés à en profiter au maximum.

Raton posa finalement une main sur l'épaule de Joe en disant :

— Eh bien, messieurs, tel que vous le voyez, on peut vraiment dire que, comme menteur, c'est le plus grand bourreur de crâne de tout le Sud-Ouest !

— Ben, oui ! fit Joe, t'as pas tort. Mais avoue que, pour faire rigoler le monde, je me pose un peu là !

Tous partirent d'un bruyant éclat de rire.

Un peu plus tard, Raton prit Joe à part et le sermonna.

— Espèce d'imbécile, tu avais bien besoin de la ramener avec ton histoire de Billy le Kid ? Dans le Sud-Ouest, y a un tas de types qu'ont la mémoire longue. T'as envie de te faire pendre ou quoi ?

Gila Joe lui rit au nez.

— T'en fais pas, Raton ! dit-il. Du moment qu'on a l'air de raconter des craques, on peut raconter tout c' qu'on veut, même la vérité !

— Tu veux dire que c'était vrai, avec les Apaches ?

Joe fit oui de la tête.

Un peu plus tard, Abilene vint arracher Joe et Raton des griffes d'un commando de touristes qui ne voulaient pas les lâcher, et ne cessaient de leur verser à boire.

— Hé ! les gars, dit-il. Vous avez envie d'aller voir un show ?

— Quel genre de show ? demanda Raton. Des forains ? Ou la danse du ventre ? ajouta-t-il, le visage illuminé.

— Non, répondit Abilene. Une vraie pièce. De l'Est ! Ça se passe à l'Opéra. Le type de l'hôtel veut nous donner à tous des billets pour le premier rang.

— Une pièce où y a des actes ? demanda Joe ; et sa figure s'allongea en voyant Abilene hocher affirmativement la tête. Non, non ! J'aime mieux rester boire un coup ici. Je vois c' que c'est. Des histoires à dormir debout ! Epargnez mon enfant, infâme bandit, et tuez-moi, etc. Plutôt la mort que le déshonneur et tout le reste ! J'ai déjà vu ça au pays, dans le temps, sous les tentes. Très peu pour moi !

— Il y a des attractions aux entractes, insista Abilene. Il y a une artiste française qui s'appelle Mademoiselle Marie, une chanteuse. C'est un show qui vient de Chicago. Ils ont déjà joué à San Francisco et à Los Angeles. Allons, les gars, amenez-vous et ne me cassez pas les pieds ! Vous avez assez picolé et raconté de blagues pour une seule soirée !

Un bref coup d'œil au visage d'Abilene suffit à décider Joe et Raton ! Ils haussèrent les épaules et quittèrent docilement le bar pour le suivre.

CHAPITRE VI

L'Opéra était plein à craquer ; Joe et Raton étaient plutôt mal à leur aise, au milieu du premier rang de l'orchestre, avec tout ce public dans leur dos : des gens entassés qui leur soufflaient dans la nuque, riaient, toussaient et chuchotaient. On présentait *Greta, fille des montagnes,* une pièce dont le personnage principal, une espèce de Griselda vertueuse et patiente, vivait dans un village suisse et passait sa vie à attendre, attendre on ne savait trop quoi. Le rôle de Greta était tenu par l'épouse de l'imprésario-directeur-metteur-en-scène-auteur-dramatique. Bien en chair et épaisse de taille, elle était affublée d'une tignasse blond filasse et avait largement dépassé la quarantaine, ce qui ne l'empêchait pas de se tortiller sur la scène, avec des airs timides de pucelle effarouchée, et de faire papilloter ses faux cils, en minaudant et gloussant. Au bout d'un moment, Joe n'y tint plus et il s'exclama brusquement.

— Mais qu'est-ce qu'elle a donc, cette vieille pute ?

Sur quoi Abilene qui, lui, avait l'air d'apprécier la pièce, écrasa, du talon de sa botte, l'orteil de Joe.

Au début du premier entracte, un type à la figure noircie au bouchon, assez petit de taille, mais agile comme un singe — il était inscrit au programme sous le nom de Buster Leonard — surgit devant le rideau, en habit de soie rayé. Il exécuta un cake-walk, chanta une ballade, puis fit une démonstration de claquettes. Enfin, après avoir débité quelques blagues usées, il fit quelques pirouettes et s'éclipsa, mollement applaudi par l'assistance.

— Eh ben, fit Raton, c'est toujours mieux que de trimer pour gagner son pain.

Joe s'en voulait d'avoir gaspillé sa soirée. Le juge Paul dormait, ses trois mentons calés sur sa poitrine. Toddy n'arrêtait pas de gigoter, et Tabe se curait les ongles. Pourtant, ils se redressèrent tous comme un seul homme en voyant apparaître sur scène une vision de rêve accompagnée de roulements de tambours et d'une fanfare de trompettes. Ladite vision consistait en une jolie brune à la taille fine et aux courbes voluptueuses que ne contraignait aucun corset. La belle enfant se mit à frétiller avec entrain, sur une joyeuse rengaine française. Il y eut d'abord un bruyant froissement de programmes, puis les salves d'applaudissements éclatèrent.

Mademoiselle Marie !

Affrontant de tout près les feux de la rampe, l'apparition de rêve lançait maintenant à tous des œillades assassines, tortillant au rythme de la musique ses formes séduisantes, tout en détaillant, dans une sorte de charabia fantaisiste que le public prit pour du français, une chanson qui devait être plutôt gaillarde. Sa voix, au timbre voilé et un peu rauque, faisait passer de doux frissons sur l'assistance composée, dans sa quasi-totalité, de mâles.

A la fin, Gila Joe, transporté d'enthousiasme, se leva d'un bond. Agitant son chapeau à bout de bras, il se mit à hurler :

— Et un ban pour elle ! Hip-hip hourrah ! Ça, c'est une fille !

Avec un juron, Abilene le fit brutalement rasseoir. Mais tout le public, d'accord avec Joe, applaudissait et acclamait la chanteuse qui se pencha en riant par-dessus la rampe pour envoyer un baiser à Joe. Il poussa un hurlement et s'élançait déjà pour la rejoindre sur la scène, mais Abilene le retint de force.

Après avoir terminé sa petite chanson, Mademoiselle Marie revint se pencher sur le devant de la scène pour envoyer un nouveau baiser à Joe. Puis, de sa voix enrouée, elle lui lança : « Chéri ! » et traversa la scène d'un pas fringant pour disparaître dans les coulisses. Mais juste avant de faire sa sortie, elle se baissa en tournant le dos au public, et d'un geste éclair releva sa longue jupe, exposant à l'assistance un arrière-train admirablement rond vêtu de satin noir.

Il fallut encore une fois retenir Joe. Le juge Paul trépignait et s'égosillait, la face congestionnée. Un tumulte régnait dans la salle.

Soudain, le juge Paul se pencha vers ses compagnons.

— Hé ! les gars, vous ne savez pas ? J'ai une idée formidable ! Le Grand Pacific va être terminé à la fin de la semaine. Faut l'inaugurer avec cette troupe-là. Vive Mademoiselle Marie !

— Nom de Dieu ! s'écria Tabe. Ça, c'est une idée !

Abilene ne dit rien.

Joe agrippa férocement son bras.

— Qu'est-ce que tu dis de cette mignonne princesse, Chef ?

— Elle est belle, répondit Abilene d'une voix si bizarre que Joe se tourna pour le dévisager.

— Ça, j'en sais rien, fit-il. Mais en tout cas, elle a le plus beau...

Une salve d'applaudissements cadencés noya la fin de sa phrase. Mais Mademoiselle Marie ne reparut pas et, quelques instants plus tard, une grande blonde maigrichonne, à l'air plutôt effrayé, fit son entrée en scène ; elle figurait au programme sous le nom de Miss Arlene D'Arcy, et tenait un rôle dans la pièce ; mais maintenant, elle s'apprêtait à pousser une romance. Le chahut ne cessait pas pour autant dans la salle. L'orchestre avait beau improviser, en attendant que le calme revienne, on n'entendait que cris de protestation et coups de sifflet, et la pauvre blonde, toute décontenancée, s'efforçait de sourire, comme si de rien n'était. Finalement, ç'en fut trop pour Abilene. Il se mit debout d'un bond, et se tourna face à l'assistance houleuse. En agitant les bras, il réussit peu à peu à rétablir le silence.

— Ecoutez, les gars, cria-t-il. La soirée n'est pas finie. Il faut donner sa chance à chacun, voyons !

— Assieds-toi, grande nouille ! lui lança une voix éraillée, dans le fond de la salle.

Aussitôt on perçut un énorme branle-bas, au fond, et les échos d'une bagarre. Des gens criaient :

— Boucle-la ! Qu'on lui ferme la gueule, à ce type ! Qu'on le foute dehors !

Puis :

— O.K., l'Ancien ! Que tout le monde la ferme ! Qu'on donne une chance à la dame !

Après avoir adressé un regard réservé, mais reconnaissant, à Abilene, Miss Arlene D'Arcy attaqua d'une voix de soprano, haut perchée mais juste, une des chansons les plus célèbres du Far West : *Come Where My Love Lies Dreaming*, de Stephen Foster. Un silence complet régnait dans la salle, et les mouchoirs commencèrent à apparaître. Quand Miss Arlene D'Arcy eut terminé, elle fut bruyamment applaudie.

— C'est joli, ce qu'elle chante, fit Joe en s'essuyant les yeux.

Le second acte de *Greta, fille des montagnes,* ne différait guère du premier ; le décor était le même et la plupart des répliques donnaient une impression de déjà entendu. Greta attendait toujours que son unique et grand amour se ravise enfin et revienne au bercail. En l'attendant, elle repoussait les avances d'un riche banquier (rôle joué par Buster Leonard accoutré d'une fausse barbe), apaisait les craintes de ses parents gâteux (rôles tenus par des talents locaux) et calmait les ardeurs d'un jeune berger montagnard (joué par un machiniste saoul) qui « adorait le sol sur lequel son pied s'était posé ». L'épouse de l'imprésario-directeur-etc. — elle figurait au programme sous le pseudonyme de Miss Goldie Le Roy — papillonnait sur la scène en faisant battre ses paupières ornées de faux cils, minaudant et poussant de petits rires bébêtes, en débitant noblement des tirades accompagnées de gestes éloquents.

— Oh ! non alors ! murmurait Joe. Cette vieille pute, elle me fera dégueuler !

Quand le rideau tomba sur un tableau « romantique », on entendit des soupirs de soulagement, et Abilene fit la grimace en surprenant la mine consternée de Miss Goldie Le Roy. Pas un seul rappel après s'être donné tant de mal !

Puis aussitôt se déchaîna un vacarme de tous les diables : les gens sifflaient, criaient, hurlaient et tapaient en mesure des pieds et des mains, réclamant : « Marie ! Marie ! Marie ! »

Une longue attente suivit ; le chef d'orchestre lui-même semblait dépassé. Un appel retentit enfin derrière le rideau, le chef d'orchestre frappa quelques coups sur son pupitre avec sa baguette, et le rideau se leva sur les attractions du deuxième entracte. Le public retrouva un Buster Leonard coiffé d'un chapeau irlandais vert, en culotte courte irlandaise, un gourdin à la main. Il chanta quelques couplets équivoques en un idiome pseudo-irlandais, exécuta une gigue irlandaise en faisant des moulinets avec son bâton, puis raconta quelques histoires salées avant d'opérer sa sortie par quelques cabrioles, la mine déconfite malgré son sourire professionnel.

Après une longue pause, et alors que le public menaçait de déclencher une émeute, un petit bout d'homme circonspect, à la moustache tombante, vint se planter sur la scène, et leva une main autoritaire pour réclamer le silence.

— Mesdames, mesdemoiselles, messieurs ! glapit-il d'une voix claironnante qui dénotait une longue expérience. J'ai le regret de vous annoncer...

Personne ne sut jamais la suite. Au-dessus de sa tête, les lustres s'étaient mis à trembler et, dans un ouragan qui semblait puiser ses forces aux sources mêmes de la nature, le petit bout d'homme — Billy Weedon en personne — fit rapidement signe au chef d'orchestre, grimaça un sourire et disparut dignement dans les coulisses.

Un moment plus tard, Mademoiselle Marie réapparaissait, le corps enveloppé d'un nuage doré de tarlatane, ondulant de la croupe sur une improvisation de l'orchestre.

Joe bondit de son siège, agitant à bout de bras son chapeau cabossé et poussant des hurlements enthousiastes.

— C'est c'te fille-là qu'il me faut ! C'est c'te fille-là qu'il me faut !

Marie, toujours se trémoussant au rythme de la musique, descendit dans la fosse d'orchestre et se pencha en avant, provoquant dans les premiers rangs une émotion proche de la panique. Du bout des doigts, elle envoya à Joe un baiser ponctué d'un « Chéri » de sa voix éraillée. Après quoi elle remit ça avec sa chanson. Etait-ce bien toujours la même ? Allez savoir ! En tout cas, la chanson terminée, tous les gars guettaient sa sortie dans un silence tendu. Le grand moment arriva enfin, et ce fut grandiose : cette fois, elle portait une culotte de soie rose !

Insensible au vacarme, Joe pensait tout haut :

— Que le diable m'emporte si je sais laquelle j'aime le mieux ; la noire ou la rose ?

— Tout de même, cette Mademoiselle Marie ! s'exclama Abilene avec un hochement de tête émerveillé. Qu'elle est belle !

— Ça, je le sais même pas, fit Joe. Mais elle a sûrement le plus beau...

— Tu vas te taire ! fit Abilene brutalement.

Mademoiselle Marie ne réapparut pas en dépit du chahut, et le rideau se leva sur le troisième acte de *Greta, fille des montagnes :* mêmes décors et mêmes dialogues. Miss Arlene D'Arcy fit son entrée sous les traits d'une comtesse française et obtint quelques applaudissements. Mais vers le milieu de l'acte, Miss Goldie Le Roy s'attira des huées. Abilene vit qu'elle avait les larmes aux yeux ; mal à son aise, il remua en regardant le bout de ses bottes.

— Si on fichait le camp ! fit Joe.

Raton dormait. Le juge Paul somnolait. Abilene tendit le bras devant Tabe et Toddy pour secouer le bras du juge Paul.

— Vous allez inviter cette troupe à Alkali ?
— Et comment ! On va les retrouver dans les coulisses dès qu'ils en auront fini avec ça — si ça finit jamais !

Même l'homme posé, et de sens rassis, qu'était le juge Paul ne fut plus tout à fait lui-même lorsque le directeur de l'Opéra, M. David Pringle introduisit après maintes courbettes le petit groupe d'Alkali dans les coulisses de l'Opera House. L'éclairage au gaz projetait des ombres allongées, grotesques et tremblotantes sur les murs de cette espèce de grange démesurée qu'était l'arrière du théâtre. Ils tenaient tous leur chapeau à la main et Gila Joe, à qui on n'en imposait pas facilement, jetait autour de lui des regards furtifs, en tripotant nerveusement ses longues mèches de cheveux.

Le type qui leur avait ouvert la porte prit M. Pringle par le bras.

— J'ai bien peur, Dave, commença-t-il, que ce ne soit pas tout à fait le moment de...

Il fut interrompu par le bruit que faisait une femme en pleine crise de nerfs. Quelqu'un ouvrit brutalement une porte et un rai de lumière tomba dans le couloir. On entendit la femme hurler :

— Tout le talent que t'as pour le théâtre, sale garce, il est dans ton arrière-train !

De l'autre côté du couloir, une voix féminine voilée répondit d'un ton narquois :

— Tu voudrais bien pouvoir en dire autant de toi !

— Allons ! Allons ! s'écria M. Pringle, indigné. Puis, tout gonflé, tel un coq de combat, il se dirigea d'un pas ferme vers la source du tapage.

Les autres se regardaient, consternés.

Brusquement, les voix de femmes se turent et, un

instant plus tard, les gars d'Alkali, serrés les uns contre les autres comme du bétail sous la tempête, perçurent un murmure de voix mâles. Enfin, Dave Pringle reparut, accompagné de l'incomparable M. Billy-soi-même-Weedon-en-personne : acteur, auteur dramatique, imprésario, sachant jouer de la flûte, de la trompette et du piano, et acceptant de voyager...

Weedon ne semblait nullement embarrassé par cet incident de coulisses ; d'une inclination raide de la tête, il répondit aux présentations en serrant virilement toutes les mains ; bien entendu, il s'inclina sans doute un peu plus bas devant les trois rois des Mines d'argent d'Alkali, et leur serra peut-être encore plus virilement la main qu'aux autres ; il n'en leva pas moins sur ce géant d'Abilene un regard où se lisait un respect assez voisin de la crainte.

— Je suis votre serviteur, messieurs, dit-il en faisant une courbette à la ronde. D'après ce que m'a dit mon bon ami, M. Pringle, il paraît que vous vous intéressez...

Il fut interrompu par une dernière flèche dans la bataille des harpies.

— Et si ça ne te plaît pas, c'est le même prix ! hurla une voix féminine enrouée de colère.

Puis on entendit claquer une porte et, un instant plus tard, Buster Leonard fit son apparition dans le couloir, vêtu avec une telle recherche qu'il paraissait presque ridicule dans son costume de ville d'un goût tapageur. Sur ses pas marchait Mademoiselle Marie, habillée elle aussi pour la ville.

Tous deux eurent un léger sursaut en apercevant le groupe formé par ces rustres curieusement accoutrés.

— Ces messieurs se sont dérangés, expliqua Pringle à Marie et Buster, exprès pour vous inviter à l'inauguration du Grand Pacific Theatre d'Alkali — la capitale des Mines d'argent de notre bon pays des Etats-Unis d'Amérique. Et qu'est-ce qu'ils trouvent ici ?

— Enfin nous, on n'y est pour rien, fit Marie en considérant le groupe d'un regard qui dénotait un certain intérêt. C'est venu comme ça vient toujours. Paraît que j'accroche le public, ici, à Tucson. Goldie l'a bien accroché à Peoria. Je me demande pourquoi on en fait une telle histoire !

— Excusez-moi, messieurs, fit Weedon d'une voix qui se voulait pleine de dignité. Je n'en ai que pour un moment.

Abilene s'écarta pour le laisser passer, sans quitter Marie des yeux. Elle ne semblait pas tout à fait la même dans ses vêtements de ville et sans son maquillage de scène. Aux yeux d'Abilene, elle n'en était que plus attirante. Elle paraissait peut-être un peu plus vieille, la trentaine sans doute. A présent, son maquillage se limitait à un peu de rouge aux lèvres et de noir autour des yeux. Sa lèvre supérieure était mince, mais la moue pleine et boudeuse de sa lèvre inférieure recelait une promesse de sensualité. Ce n'était pas la beauté que s'était imaginée Abilene en la voyant sous les feux de la rampe, c'était mieux. Pour lui, elle était tout simplement irrésistible.

Abilene ne quittait toujours pas des yeux Marie qui allait et venait d'un air excédé. Elle s'exclama soudain :

— Quelqu'un a une cigarette ?

Les hommes d'Alkali, consternés, la regardèrent.

— Tu veux pas une chique ? proposa Buster en mettant la main à sa poche. « Five Brothers »... y a pas de meilleure marque, parole !

— Vous voulez vraiment une cigarette, ma'mzelle

— ou c'est seulement pour blaguer ? demanda Abilene.

Marie le dévisagea avec sans-gêne.

— Et pourquoi voulez-vous que ça soit une blague ?

Sans perdre un instant, Abilene sortit de quoi confectionner une cigarette et en roula une. Marie, et Buster lui-même, regardaient avec une admiration mêlée de respect la dextérité et la rapidité avec laquelle il opérait. En souriant, Abilene tendit à Marie la cigarette presque terminée.

— Vous aimez probablement mieux mouiller le papier vous-même, ma'mzelle.

Buster était sur le point de s'esclaffer, mais Marie l'arrêta d'un regard mauvais.

— Non, allez-y ! répondit-elle à Abilene. Vous n'avez pas la gale, je suppose ? En tout cas, vous n'en avez pas l'air.

— O.K. ! O.K. ! fit Abilene en rougissant.

Il termina la cigarette, la lui tendit et lui offrit du feu.

Marie tira une profonde bouffée de fumée, puis porta aussitôt la main à sa gorge et se mit à tousser.

— Au secours ! s'écria-t-elle. Jetez-moi une bouée, ou je suis perdue !

Gila Joe et Raton se tordaient tellement qu'ils durent s'agripper l'un à l'autre pour tenir debout. Pringle fixait sur Marie un regard désapprobateur. Les rois des Mines d'argent ne savaient pas sur quel pied danser.

— Trop fort ? interrogea Abilene avec sollicitude.

Marie se tourna vers lui pour le regarder bien en face pendant un instant, mais ne découvrant ni perfidie ni sarcasme sur son visage, elle finit par dire :

— Pour ça, oui !

Elle s'approcha pour lui faire une petite caresse sur la joue ; puis, penchant la tête de côté, elle déposa un baiser sur son menton.

— Merci, chéri, dit-elle.

Abilene mit un moment à s'en remettre.

Quelques instants plus tard, Weedon reparut au fond du couloir, s'avançant vers eux d'un pas rapide. Mais avant de s'adresser aux gros bonnets d'Alkali, il se tourna vers Marie et Buster.

— Rentrez à l'hôtel, mes petits. Je vais arranger cette histoire. Vous pouvez compter sur moi. Arlene est déjà en train de calmer Goldie. Ce n'était qu'un malentendu... heu, des circonstances... hum !... malheureuses... Enfin, tu vois ce que je veux dire, Marie !

Buster haussa les épaules en se dirigeant vers la sortie. Mais Marie s'était tournée vers les autres.

— Au revoir, tout le monde ! J'ai l'impression qu'on se reverra, messieurs !

— J'espère bien, ma'mzelle ! fit Abilene.

Marie lui sourit.

— N'importe comment, on passe à l'Opéra jusqu'à la fin de la semaine !

— Arrête les frais ! lança Buster. Il n'aime que son cheval !

Les rois des Mines d'argent d'Alkali emmenèrent Weedon à leur hôtel, et s'entretinrent avec lui dans l'appartement qu'ils occupaient, tandis qu'Abilene fumait cigarette sur cigarette, à l'écart. Tout en discutant, Weedon jetait des regards d'envie à l'élégante installation du nouvel hôtel ouvert récemment pour accueillir les touristes qui venaient de plus en plus nombreux à Tucson et à Phoenix en hiver. Ces gens reluquaient, bouche bée, les derniers survivants de l'Ouest légendaire, et achetaient des souvenirs aux Indiens cyniques, accroupis dans les rues. Tranquilles comme des souris dans un fromage de Hollande, ils ne se doutaient pas que, dans les rues d'Alkali, des hommes tombaient sous les balles des bandits, et que Poney Noir et ses guerriers se tapissaient toujours dans les collines du désert.

— Vraiment formidable, cet hôtel, fit Weedon. Mais évidemment, avec ma troupe, les frais que ça entraîne et tout le reste, vous comprenez, moi, je n'ai pas les moyens. On est descendus dans un endroit plutôt miteux.

— Nous, on vous hébergera à nos frais à l'hôtel du Commerce. C'est notre meilleur hôtel, dit le juge Paul, magnanime.

— A vos frais ?

— A nos frais ! Toute la troupe. Avec le plus grand plaisir !

— Ça, c'est vraiment généreux de votre part, messieurs ! Et je vous en remercie. Dans ce cas, c'est avec plaisir que je payerai les billets de chemin de fer.

— De chemin de fer ? Mais, monsieur Weedon, il n'y a pas de train pour Alkali ! Il faut prendre la diligence !

Weedon ouvrit de grands yeux incrédules.

— Mais enfin... la métropole des Mines d'argent des Etats-Unis d'Amérique... Je croyais que...

— C'est que, voyez-vous, c'est une ville neuve, fit le juge Paul. Elle a à peine un an. Elle est passée de quatre cents habitants à douze mille sans qu'on ait même le temps de s'en rendre compte.

— Douze mille habitants ! s'exclama Weedon, ébloui. Vous parlez d'une ville ! C'est beaucoup plus grand que Phoenix ou Tucson ! Et vous dites qu'il n'y a même pas de chemin de fer ! Vous êtes sûr que vous avez vraiment les moyens de...

— Les moyens ! s'écria le juge Paul. Mais, mon pauvre monsieur, vous ne savez pas de quoi vous parlez ! Nous prenons tous les frais à notre charge, y compris le voyage aller et retour. Et on vous payera deux mille dollars la semaine pour votre show.

Weedon faillit en tomber à la renverse. Il parvint pourtant à se redresser, au prix d'un immense effort, et à faire semblant de réfléchir à l'offre qui lui était faite.

— Pour nous, c'est une question de civisme ! s'écria le juge Paul. En plus de ce que je viens de dire, nous nous portons garants pour deux semaines ; et si vous avez du succès, vous resterez tout le temps qu'il faut, toujours dans les mêmes conditions. S'il y a une chose qui ne manque pas, chez nous, monsieur Weedon, c'est bien l'argent !

Toddy et Tabe tiquèrent, mais, ne protestèrent pas. Ils étaient enthousiasmés à l'idée de faire venir la première troupe théâtrale à Alkali pour l'inauguration du Grand Pacific Theatre. Rien que de penser à ce que serait cette soirée d'ouverture, ils en avaient le cœur qui battait la chamade.

— Je vois, je vois, dit Weedon en remontant furtivement ses manchettes, de crainte que les autres ne s'aperçoivent que les bords en étaient élimés. Eh bien, messieurs, s'il s'agit pour vous d'un devoir civique, je ne peux pas refuser. J'ai moi-même le plus grand souci de l'intérêt public. J'ai fait don de toute ma collection d'anciens programmes de théâtre à la bibliothèque de ma ville natale. Une collection de grande valeur, croyez-moi !

— Parfait ! conclut le juge Paul. Il se fait tard, et

vous devez être fatigué, monsieur Weedon. On réglera tout ça demain.

Abilene accompagna Weedon dans le corridor et se planta devant lui en le regardant d'un air légèrement soucieux. Pour la première fois, M. Billy-M'as-Tu-Vu-Weedon fut vraiment frappé par la stature de géant de ce « Fils du Légendaire Far West » dans son pittoresque accoutrement.

— Nom de Dieu ! mon vieux, s'exclama-t-il, quelle sensation vous feriez sur scène, dans l'Est. Simplement comme vous êtes là : avec vos longs cheveux blonds, vos revolvers à crosse de nacre et ce pantalon, qui est sûrement le plus collant que j'aie vu de ma vie. Qu'est-ce qui se passerait si vous aviez envie de... d'éternuer ? fit-il avec un bref éclat de rire.

— Monsieur Weedon... commença Abilene d'un ton d'impatience contenue.

Mais Weedon l'interrompit.

— Je parle sérieusement, mon gars. Le public se battrait pour avoir des places. Les gens de l'Est raffolent de tout ce qui vient du Far West, actuellement. J'ai l'intention de monter un show sur l'Ouest pour le public de l'Est. Tout ce que vous aurez à faire, mon cher ami, ce sera d'entrer en scène sur un cheval — un vrai cheval, naturellement — et de sauver la princesse indienne Miss Pottawattomie des griffes cruelles de la plus terrible bande de brigands qui existe sur le territoire situé à l'ouest du Mississippi. (Weedon ponctuait ses paroles de grands gestes et Abilene le regardait, ébahi.) Elle a été enlevée, vous comprenez ? Elle allait justement devenir l'épouse d'un jeune chef ; et le jeune chef est votre ami. Il vous a sauvé des loups qui étaient sur le point de vous dévorer un jour que vous vous étiez fait prendre le pied dans un piège à ours...

— Quoi ! s'exclama Abilene. Je saurais bien me sortir tout seul d'un piège à ours !

— Sans doute, sans doute ! Mais si vous croyez que les gens de l'Est le savent ! De toute manière, ils s'en fichent pas mal ! S'il y a une scène qui frappe, peu importe qu'elle ne soit pas véridique. Il y a la vérité de la vie et la vérité dramatique. L'idée du piège à ours me plaît. Tout ça peut être monté sur scène pour le public ! Et puis on entendra les loups hurler au loin... on pourra peut-être même au besoin louer quelques gros chiens, comme dans *La Case de l'oncle Tom,* qui bondiront sur vous en ouvrant la gueule...

— Monsieur Weedon...

— Ne m'interrompez pas, je vous prie ! Je suis en pleine inspiration ! Mais oui, ça peut se faire ! Et puis Nuage Rouge pourra faire son entrée pour sauver le « visage pâle » au risque de sa vie... un « visage pâle », je vous prie de remarquer ! Un ennemi de son propre peuple. Mais il le fait parce qu'au fond de son cœur il est bon et...

— Monsieur Weedon...

— Et c'est pourquoi plus tard, vous, vous sauverez la princesse indienne Pottawattomie des mains des scélérats blancs qui veulent lui faire subir un sort pire que la mort, en lui dérobant ce qui est plus précieux que l'or fin et les pierres précieuses. (Sa voix changea brusquement.) Sapristi ! je n'en aurai pas pour plus de trois après-midi à écrire ça ! Il ne m'en a pas fallu plus de deux pour écrire *Greta.*

Abilene était stupéfié.

— C'est vous qui avez écrit *Greta, fille des monta-*

gnes ? Ça alors ! Permettez-moi de vous serrer la main. J'ai trouvé ça rudement bien.

Weedon serra la main d'Abilene de la manière la plus virile, mais le géant de la Frontière faisait preuve d'un tel enthousiasme que Weedon faillit bien avoir trois ou quatre phalanges brisées avant de pouvoir retirer sa main.

— Un éclairage doux, s'écria Weedon, toujours en pleine inspiration. *Misterioso !* Le désert. Le jour se lève. Un trou d'eau. Les bandits qui ont ligoté la belle princesse sont en train de l'insulter, tout en se préparant à accomplir leur odieux dessein. Mais elle est trop fière pour implorer leur grâce. Alors, c'est là que vous les attaquez. Pan ! Pan ! Deux hommes s'écroulent. Et pan, et pan ! Encore deux. Puis vous sautez sur les six qui restent...

— *Six ?*

— On embauchera des types de petite taille. Vous aurez l'air d'un véritable géant surgi des nuées. Ce sera une lutte terrible. Sur toute la scène ! A la fin, vous les aurez tous tués ou blessés, mais vous êtes vous-même gravement blessé. Vous n'y faites même pas attention. Pas vous ! Vous tranchez les liens de la princesse et, salué par l'aurore qui se lève, vous la mettez sur votre cheval pour qu'il la dépose entre les bras de votre ami dévoué Nuage Rouge. Ou alors... attendez, attendez... Ah ! j'y suis ! Pour la scène finale, il apparaît dans la lumière de l'aube et vous lui dites : « Voilà, ta fiancée, Nuage Rouge, aussi pure que le jour de sa naissance ! » Puis vous vous écroulez, mort !

— Je serai *mort ?*

— Vous êtes mort ! Alors, les autres entonnent un chant funèbre pendant que le rideau tombe lentement. Ça aura un succès terrible ! On fera crouler la salle. Qu'est-ce que vous en dites ?

— Monsieur Weedon, reprit patiemment Abilene, je voulais vous demander quelque chose en confidence.

— Okay, Abilene ! Allez-y.

— Est-ce que Miss Marie... est-ce qu'elle est... elle n'est pas mariée à Buster ? Si ?

— Bien sûr que non ! dit Weedon. Buster a une femme quelque part, Dieu sait où ! Ils sont amis, c'est tout. Vous savez comment ça se passe, quand on voyage tout le temps ensemble... Ils sont simplement une paire de copains comme qui dirait. (Une idée parut lui venir à l'esprit ; il scruta un moment le visage d'Abilene.) Elle vous plaît, Marie, hein ?

Abilene fit oui de la tête.

— Eh bien, vous lui plaisez aussi, je l'ai bien remarqué. C'est une fille très affectueuse... quand elle aime bien quelqu'un. Oh ! oui ! ça fait déjà longtemps que je connais Bertha. C'est une fille, très, très bien.

— Bertha ?

— Marie, c'est son nom de théâtre. Son vrai nom c'est Bertha Campeaux.

— Elle est française ?

— Pas que je sache. Ce n'est pas en français qu'elle chante, vous savez. C'est des mots qu'elle a inventés elle-même ! Mais si ! c'est une bonne comédienne. La seule chose qui me désole, c'est qu'elle et Goldie n'arrivent pas à s'entendre un peu mieux. Mais c'est toujours comme ça ! Toutes les femmes se détestent, et dans les milieux du théâtre, c'est encore pire qu'ailleurs. Ou alors, c'est peut-être qu'elles s'en cachent moins, entre artistes. Il y a toujours tellement de rivalités, vous comprenez.

Abilene avait l'air grandement soulagé.

— Eh bien, je vous remercie, monsieur Weedon. Merci beaucoup !

— De rien ! Dites, comment trouvez-vous ma pièce sur le Far West héroïque ?

— Très bien, très bien ! Un peu embrouillée peut-être. Mais ça me plaît bien.

— Je vais m'y mettre dès demain. J'aurai peut-être terminé le premier acte avant le dîner. Alors, vous voulez bien jouer dedans ?

— Moi ? fit Abilene en riant franchement. Je ne suis pas un acteur, monsieur Weedon.

Weedon l'examina un bref instant.

— Bon, bon ! dit-il finalement. Il n'y a pas de mal à poser la question. Bonne nuit, Abilene !

Ils se serrèrent la main en silence, puis Weedon disparut au fond du couloir tandis qu'Abilene regagnait la chambre où les trois rois des Mines d'argent avaient déjà sorti les cartes et se préparaient à entamer une petite partie de poker.

— J'en suis ! lança joyeusement Abilene en prenant l'une des bouteilles du juge Paul, et en se versant une bonne rasade de whisky.

Le lendemain soir, Abilene était dans la sordide chambre d'hôtel de Marie, assis sur le bord d'une chaise qui craquait de façon inquiétante. Une lampe posée sur la table, près de la fenêtre, diffusait un faible éclairage. Marie était assise les jambes croisées, en face d'Abilene, sur le lit de fer bancal. Une cigarette roulée à la main se consumait toute seule entre ses doigts.

Elle eut un bref éclat de rire.

— Mon Dieu ! se promener en ville avec vous, c'est comme si on se promenait avec un éléphant de cirque, tellement les gens vous regardent ! J'ai cru que l'employé d'en bas allait se trouver mal. (Abilene eut un rire un peu embarrassé.) Dites, vous n'avez pas un autre nom ? Je ne peux pas continuer à vous appeler Abilene. Ça sonne trop drôle.

Abilene sourit d'un air décontenancé.

— Eh bien, mon vrai nom — croyez-moi si vous voulez — c'est James Linkletter Hardesty. Il y a des Anciens qui m'appellent encore Link.

— Vous êtes né à Abilene, ou quelque chose comme ça ?

— Non. Abilene n'existait pas encore quand je suis venu au monde. Je suis né en 52. Abilene n'a été fondé que vers 1860, je crois. Je suis né dans une ferme du Kansas. La vie était dure. Quand j'étais tout gosse, il y avait les colons qui se battaient à cause des esclaves. J'avais beaucoup de frères, et on était trop nombreux chez moi. Alors, je suis parti quand j'ai eu douze ans. J'étais costaud pour mon âge. A treize ans, j'ai commencé à convoyer les troupeaux de bétail. J'ai fait une bonne douzaine de fois les grandes pistes, entre le Texas et Abilene. Je n'étais qu'un tout jeune gars, à l'époque, mais j'avais deux revolvers dans ma ceinture et je buvais du whisky dans les saloons ! Les hommes avaient plutôt l'air de trouver ça sympathique, et tout le monde me connaissait dans les environs d'Abilene. C'est à partir de là qu'on a commencé à me donner ce nom. Bat Mastersons... c'était vraiment ce qu'on appelle un tireur d'élite... m'avait pris en affection ; plus tard, il m'apprit à me servir de mes revolvers.

Abilene soupira, le regard fixé sur le bout de ses bottes.

— Vous n'êtes jamais retourné chez vous ?

— Non, jamais ! Je ne leur ai jamais écrit une

seule lettre. Il y a vingt ans de ça, maintenant. Il y en a probablement qui sont morts, et d'autres qui ont dû émigrer un peu partout, je n'en sais rien.

— Moi, c'est pareil, fit Marie. Je suis née à La Crosse, dans le Wisconsin, près du Mississippi. La Crosse, ce n'était qu'un tas de cabanes en bois, à l'époque. Mon père était Canadien français, trappeur. J'avais sept frères et sœurs. Puis un printemps, mon père n'est pas revenu et on l'a jamais revu. On n'a jamais su ce qui lui était arrivé : s'il avait été dévoré par des loups pendant qu'il posait ses pièges, au Canada, ou s'il nous a tout bonnement laissés choir. Moi, je suis partie pour Chicago quand j'avais quinze ans, et, depuis, je n'ai pas arrêté de rouler.

Marie se mit à gigoter nerveusement sur le bord du lit, en lissant les plis de sa longue jupe avec des gestes impatients. Ils restèrent à se dévisager en silence pendant un bon moment, puis Marie dit, avec une intonation bizarre dans la voix :

— Pourquoi vous ne venez pas vous asseoir près de moi ? Pourquoi rester sur cette chaise ? On est si mal dessus !

Abilene hésita. Marie décroisa alors ses jambes dans un frou-frou soyeux.

— Viens, appela-t-elle.

Abilene s'avança en trébuchant, s'assit sur le lit à côté de Marie, et la prit rudement dans ses bras. Elle l'embrassa avec fougue, en enlaçant d'un geste passionné, ses bras autour de son cou.

— C'est fou ! s'écria-t-elle. Jamais je n'ai vu quelqu'un aussi grand ni aussi beau que toi ! (Un moment s'écoula.) Doucement, voyons ! Tes mains sont dures comme du fer.

Après un silence prolongé, elle ajouta :

— Eteins la lampe !

Abilene s'élança pour souffler la flamme de la vieille lampe à pétrole. Une obscurité complète envahit la chambre. Il revint vers Marie en tâtonnant comme un aveugle.

— Où es-tu Marie ?

— Mais ici, gros bêta, devant toi. Aide-moi avec ma robe. Elle s'est accrochée quelque part. Et puis, zut pour la robe ! Elle me serre trop.

Ils se retrouvèrent enfin sur le lit qui se mit à grincer furieusement. Puis Marie, haletante fit entendre un long gémissement.

— Oh ! mon chéri ! cria-t-elle soudain dans le noir.

CHAPITRE VII

Le départ de la Weedon Theatrical Troupe (« de New York et Chicago, et ayant également joué devant toutes les têtes couronnées d'Europe »), attira une foule de curieux. Ce fut vraiment un événement sensationnel : photographes et journalistes s'y retrouvèrent ainsi que des personnalités de la municipalité de Tucson, arborant leurs insignes et distribuant des poignées de main à tous ceux qui le voulaient bien. La fanfare municipale avait joué sur la grande place, et le juge Paul, imbibé de bon whisky pour la circonstance, avait prononcé un discours bref, mais fleuri, qui fut bruyamment applaudi.

Le juge Paul, Toddy, Tabe et Buster Leonard voyageaient dans la première diligence, avec Raton pour cocher, et Abilene assis à côté de lui, une Winchester posée sur les genoux. Dans la deuxième diligence avaient pris place Weedon, Marie, Arlene et Miss Goldie Le Roy ; un vieux dur à cuire de Tucson, Bill Biggs, tenait les rênes ; à côté de lui, Gilda Joe jouait le rôle du convoyeur armé. Une troisième voiture, louée avec le cocher et son aide chez un remiseur de Tucson, était chargée de malles et de coffres. Les maigres décors de la Weedon Theatrical Troupe étaient attachés par des courroies sur le toit. Un ancien rustaud de la Frontière nommé Dry Gulch, qui avait tâté pendant quelque temps le métier de brigand pour se convertir ensuite — il suivait à présent sa vocation de prédicateur — tenait les rênes ; tout en conduisant l'attelage, il hochait la tête avec indignation, en méditant sur les péchés des dévergondées installées dans la diligence qui le précédait.

Un cheval de louage était attaché derrière la première diligence, pour le cas où Abilene voudrait sauter en selle pour faire une reconnaissance ou bien, à une étape plus avancée du voyage, pour se hâter d'aller annoncer leur arrivée imminente. Un courrier de Tucson avait déjà été envoyé à Alkali, la veille au soir, pour préparer tout le monde à l'événement. La fanfare s'était démenée bruyamment sur la plaza ; le cornet à pistons déchirait l'air de ses fausses notes. Puis la population de Tucson avait poussé des hourras sans fin, tandis que les diligences s'ébranlaient et prenaient à vive allure le chemin des régions désertiques du sud-est de l'Arizona.

Gila Joe ne cessait de pousser le cri de guerre apache en tirant des coups de fusil en l'air ; jusqu'à ce qu'Abilene, se retournant sur son siège, lui fasse signe de laisser tomber.

— Sur quoi il tire, ce type ? Mais sur quoi il tire ? hoquetait Goldie Le Roy, terrifiée, en s'éventant avec un mouchoir de dentelle parfumé.

— Il se sent en train, c'est tout, dit Weedon. N'oublie pas qu'ici, c'est le Far West, ma chère. Une région merveilleuse, libre et grande ouverte, mesdames ; un pays dont j'ai l'intention de brosser le tableau dans une œuvre dramatique qui nous rendra tous riches.

— Ça, ça sera nouveau, fit Goldie.

— En vérité, j'ai déjà complètement écrit le premier acte, poursuivit Weedon en sortant d'une poche intérieure de son veston une liasse de feuillets jaunes maculés. Vous permettez que je vous en fasse la lecture ?

— Il y a un moyen de t'en empêcher ? demanda Marie.

Weedon fit la sourde oreille.

— Ça commence devant un trou d'eau dans le désert, fit-il. On voit l'aube se lever sur les montagnes toutes dorées, dans le fond...

— De la toile badigeonnée par un barbouilleur qui aura trop bu, murmura Goldie.

Les diligences poursuivaient leur route.

Dans la première, tous les hommes sommeillaient, sauf Buster Leonard qui réfléchissait à un nouveau numéro. De temps à autre, il s'éventait avec un mouchoir, jurant entre ses dents et traitant le désert de l'Arizona de noms qui n'avaient jamais encore retenti sous son ciel bleu.

Dans la deuxième diligence, Marie, dormait, d'un sommeil entrecoupé de brusques réveils durant lesquels elle jetait un regard ahuri sur le paysage déchiqueté et désertique qui défilait derrière la vitre.

Arlene versait de temps à autre quelques larmes silencieuses en mordillant son mouchoir. Quand elle ne somnolait pas en ronronnant avec grâce, Goldie s'occupait de consoler Arlene. Weedon bouillait de fureur. Son premier acte des *Héros du Désert* avait été très mal accueilli : à part la princesse, il n'y avait pas un seul rôle féminin et, dans cet acte, elle n'entrait même pas en scène ! Il était en train de le récrire rageusement à l'aide d'un bout de crayon minuscule qui lui échappait sans cesse des doigts.

— Je vais leur foutre, moi, des femmes ! s'écria-t-il. Un plein wagon, les garces !

La pente était si forte que les chevaux avançaient péniblement au pas. En haut de la côte, une petite bande d'Apaches, immobiles et silencieux comme des statues regardaient venir la caravane.

Le juge Paul se réveilla en sursaut.

— Tiens, fit-il, c'est la Rocky Run Rise, ici. Nous n'en avons plus pour bien longtemps, maintenant.

Buster Leonard, qui était assis à l'avant, jeta un coup d'œil au-dehors et parut sidéré.

— Nom de Dieu ! Qu'est-ce que c'est qu'on aperçoit là-haut ? Un show du Far West ?

— Qu'est-ce que vous voulez dire ? demanda Toddy.

— Y a un tas d'Indiens tout peinturlurés ! répondit Buster Leonard d'une voix tranquille.

— Oh ! là, là... ! s'écria Toddy en se cachant la tête sous son manteau.

Tabe Cates se mit à tripoter ses revolvers mais refréna vite cette impulsion, ferma les yeux et recommanda son âme à Dieu. D'une main tremblante, le juge Paul tira de sa poche une bouteille et but un bon coup, au goulot.

Tandis que la première diligence approchait du sommet de la côte, Abilene observait attentivement les Apaches, en se demandant quelles étaient leurs intentions. Leur attitude était bizarre. S'ils avaient eu envie de les attaquer, ils auraient tout simplement tiré sur le cheval de tête de chaque diligence. Et ç'aurait été le commencement de la fin.

Ils étaient alignés irrégulièrement, à une assez grande distance les uns des autres, pour éviter de se faire massacrer par les Winchester. On aurait dit une bande de sauvages. Tous étaient sales, avec de longs cheveux noirs et gras retenus par un bandeau rouge, jaune et orange, et la plupart torse nu, minces, musclés et bronzés ; ils portaient des bandes-culottes de toile écrue, et de hautes bottes-mocassins. Chacun avait une Winchester à la hanche, et de longs couteaux de chasse étincelèrent à leurs ceintures garnies de cartouchières.

— Arrêtez ! fit Abilene. Ça m'a tout l'air de parlementaires.

Il agita le bras, et le convoi s'immobilisa en cahotant dans un bruit aigu de frein ponctué de pas mal de jurons.

Un instant plus tard, un des Apaches poussait son cheval en avant ; sa jeune figure brutale était défigurée par les marques de la petite vérole et par plusieurs balafres. Il avait glissé son Winchester dans l'étui de selle et levait les deux bras en l'air, en un geste de supplication comme de soumission.

— Abilene ! Abilene ! appela-t-il.

— Je te reconnais, Poney Noir, cria Abilene. Que me veux-tu ?

— Parler à mon ami Abilene. Pas faire la guerre ! Pas faire la guerre !

Abilene tendit son Winchester à Raton, en disant à voix basse :

— S'il arrive quelque chose, tu descends d'abord Poney Noir. Sans lui, ils n'auront plus de chef.

Raton hocha la tête en crachant sur le timon. Abilene mit pied à terre en criant :

— Je viens te parler tout de suite, Poney Noir.

Il remonta la file des diligences, répétant à tous les mêmes paroles :

— Que tout le monde se tienne tranquille. C'est tout ! Sans parler ni vous exciter. Ça va s'arranger. (Il passa la tête par la portière pour regarder Marie qui avait l'air terrifiée.) Chérie, tout ira très bien !

Il monta ensuite sur le marchepied pour parler à Gila Joe.

— Si je donne un coup de pied en arrière, comme un cheval qui veut se débarrasser des mouches, tu commences à les descendre. Et tâche de faire mouche à chaque coup. Mais ne t'occupe pas de Poney Noir. Il ne comptera plus, à ce moment-là.

— O.K., chef !

Abilene fit lentement le peu de chemin qui le séparait du haut de la côte où Poney Noir avait sauté à bas de son cheval et l'attendait, debout, en roulant une cigarette. Tout en s'approchant, Abilene parcourait du regard la rangée d'Apaches. Leurs visages immobiles semblaient taillés dans du roc. Ils lui rendirent son regard avec circonspection. Abilene vit que plusieurs d'entre eux étaient blessés ; ils portaient des pansements maculés et avaient tous l'air très amaigris. Certains, les traits tirés, n'avaient plus que la peau sur les os. Deux avaient reçu de vilaines estafilades, et leurs cicatrices s'étaient envenimées.

Quand Abilene s'arrêta en face du jeune chef, Poney Noir alluma sa cigarette et en tira une bouffée ; puis il la tendit à Abilene qui fuma à son tour avant de la lui rendre.

— Nous vouloir rentrer, dit Poney Noir.

— Bien, fit Abilene.

— Nous apprendre toi passer ici avec diligence. Nous attendre.

— Je n'ai plus rien à voir avec tout ça, à présent, Poney Noir. J'ai quitté le Fort. Maintenant, je me promène, simplement.

— Nous savoir. Toi écrire message. Toi dire nous comment rentrer.

— Vous ne pouvez donc pas y aller directement ?

— Non. Trop d'hommes chercher pour tuer nous. Ranchers. Soldats.

— *All right !* fit Abilene. Je vais te dire exactement ce qu'il faut faire. Glissez-vous la nuit dans les Dragoon Mountains, et cachez-vous dans un des repaires apaches. Envoie un cavalier au Fort. Qu'il voyage la nuit et se repose le jour. Je vais t'écrire un message. Après, les soldats viendront vous chercher pour vous ramener chez vous.

— Chez nous ? s'écria Poney Noir. (Ses yeux noirs jetaient des éclairs. Il se retourna et cracha avec mépris. Puis, d'un grand geste du bras, il embrassa tout le paysage.) Tout ça « chez nous ». Pas la réserve !

— Oui, autrefois, fit Abilene. Mais les temps ont changé. Qu'est-ce que tu peux y faire ?

Poney Noir baissa la tête et fixa le sol sans répondre.

Abilene réfléchit un instant, puis rédigea un message adressé au commandant du Fort. Après l'avoir signé, il le tendit au jeune chef.

— Signe aussi.

L'Apache s'appliqua à tracer sa signature : William Charles Poney Noir.

Puis Poney Noir rangea message et crayon.

— Nous fumer encore une fois, dit-il. Peut-être dernière fois.

Abilene hocha la tête et roula une cigarette qu'il alluma. Il tira ensuite une bouffée avant de la tendre à Poney Noir qui aspira la fumée d'un air méditatif.

— Où toi aller, Abilene ? demanda-t-il.

— Dieu sait ! répondit Abilene.

— Tu devenir riche ? Alkali ?

— Oh ! non !

— Riche ! s'exclama Poney Noir avec mépris. Hommes blancs tuer, voler, mentir, mourir, pour devenir riches. Pourquoi ?

— Que le diable m'emporte si je le sais, Poney Noir.

Tout le long du convoi, hommes et femmes, tendus, osant à peine bouger et respirer, observaient les pourparlers. Abilene et Poney Noir fumèrent à tour de rôle pendant un bon moment, puis l'Apache éteignit dans ses doigts le bout allumé de la cigarette et rangea le mégot dans sa ceinture.

— Bon médicament, dit-il pour expliquer son geste.

Sur quoi ils se serrèrent la main. Après un instant, Poney Noir lâcha celle d'Abilene et recula d'un pas. Puis il revint en avant lentement et entoura de ses bras Abilene, en le serrant bien fort.

— Ami ! dit-il.

Il dénoua ensuite son étreinte, fit à nouveau un pas en arrière, et sauta d'un bond sur son cheval noir, en lançant à ses guerriers un cri guttural.

Ils firent volte-face avec ensemble et s'élancèrent au galop à travers le désert.

Abilene demeura un moment immobile, les suivant du regard, avant de reprendre sa place à la tête du convoi. Il monta sur le siège du cocher et donna le signal du départ. Il était profondément ému. Poney Noir était perdu et le savait. Après quelques mois passés à pousser la charrue dans les champs, il se révolterait encore et, cette fois-ci, il serait peut-être le seul ; de sorte qu'il serait prêt à tout et irait jusqu'à tuer ; après on lui donnerait la chasse dans le désert, comme à un vulgaire assassin et, tôt ou tard, il serait pendu à Tucson.

Sur la proposition du juge Paul qui, maintenant que le danger était passé, avait pris la caravane sous son aile, Gila Joe prit le cheval de louage et partit en avant, pour aller annoncer à Alkali que la Weedon Theatrical Troupe ne tarderait pas à arriver. Au moment où les diligences apparurent au sommet de la petite colline qui dominait l'étendue plate, laide et tourmentée des gisements d'argent, les guetteurs postés sur les toits des maisons se mirent à tirer des coups de fusil pour annoncer la nouvelle, et un drapeau américain tout flambant neuf fut aussitôt hissé sur le bâtiment du bureau de poste : d'un seul coup, les saloons se trouvèrent vidés de leurs clients, comme si la ville était brusquement la proie d'un gigantesque incendie, et une bonne centaine de cavaliers s'élancèrent à la rencontre des diligences, en poussant des cris de rebelles et des hurlements d'Apaches, laissant avec insouciance leurs chevaux galoper côte à côte, dans une folle bousculade ponctuée de coups de revolver tirés en l'air. Même les attelages exténués des diligences s'en trouvèrent revigorés et se mirent à tirer avec entrain, piaffant et se cabrant dans les brancards, ce qui ne manqua pas de provoquer un retentissant concert de jurons et de claquements de fouets.

Dans cette ruée vers les diligences, ce fut Chickasaw qui arriva le premier, battant tous les autres cavaliers de quelques longueurs. Coiffé d'un grand chapeau blanc, style Abilene, il arborait une chemise de soie jaune et hurlait comme un Texan ivre, un revolver dans chaque main, en tirant des coups de feu en l'air ; au moment d'atteindre les diligences, il rengaina ses revolvers et se mit debout sur la selle de son cheval lancé au galop.

— Mon Dieu ! s'écria Goldie. Regardez-moi ce beau gars en chemise jaune !

Chickasaw, qui s'était remis en selle, se découvrit d'un geste rapide, en arrivant devant la deuxième diligence, pour saluer les dames.

— Soyez les bienvenues ! Soyez les bienvenues ! hurla-t-il. Soyez les bienvenues à Alkali, la capitale de l'argent des Etats-Unis d'Amérique !

— Oh ! je le trouve adorable ! s'écria Goldie.

Arlene était recroquevillée dans un coin, le visage caché dans ses mains ; de violents tressaillements la secouaient chaque fois que les cavaliers se mettaient à tirer des coups de feu, ou à pousser des cris.

— Mais... Bon Dieu ! s'exclama soudain Weedon, atterré. Regardez-moi cette ville !

Il s'était attendu à trouver une ville comme Tucson, mais en plus grand ; à voir des immeubles en briques, peut-être une mission en ruines, ou un fort ; en fait, il s'était attendu à tout, sauf à cette agglomération primitive, plate et laide à faire peur, de maisons de bois sans étages, qui avaient toutes l'air d'avoir été construites en une nuit par des charpentiers ivres qui auraient perdu leurs fils à plomb et leurs niveaux.

— Charmant ! gémit Marie, qui était exténuée et avait les nerfs en pelote. Alors, c'est ça qu'ils appellent la « capitale de l'argent » !

— Oh ! c'est horrible, simplement horrible, geignit Arlene. Jamais je ne tiendrai le coup !

— Allons ! Allons ! dit calmement Goldie qui, contrairement aux deux autres femmes, avait tout l'air de goûter la situation. On aura un succès fou, ici — avec tous ces gentils cow-boys privés de distractions. Un succès fou, je vous dis !

Et c'était Goldie qui avait raison. La représentation inaugurale du Grand Pacific Theatre fut une soirée inoubliable. *Greta, fille des montagnes* déchaîna l'enthousiasme. Jamais, de toute sa carrière théâtrale mouvementée, rien de pareil n'était arrivé à William Weedon.

Le jeu des acteurs était salué par des acclamations assourdissantes, et Goldie fut rappelée plus de vingt fois. Les hommes se mettaient à pleurer en écoutant chanter Arlene, et ils ne voulaient pas la laisser sortir de scène. Marie les acheva ; Buster Leonard lui-même déclencha un tonnerre d'acclamations, à cette réserve près qu'au troisième acte de *Greta,* dans lequel il incarnait le personnage du banquier riche et méchant opposé à Arlene dans le rôle d'une sorte de bonne fée, comtesse française, de surcroît, quelqu'un dans l'assistance tira un coup de feu à l'adresse de Buster en hurlant : « Ça t'apprendra, espèce de salaud ! »

Mais le coup n'avait pas été tiré dans l'intention de le rayer du nombre des vivants ; la balle siffla quelque part au-dessus du chapeau haut de forme de Buster, faisant un petit trou insignifiant dans le rideau de fond, juste à côté de l'un des sommets neigeux de la montagne suisse.

Après le spectacle, les membres de la troupe pleurèrent de joie derrière la scène en s'embrassant avec effusion, et Goldie, attendrie, n'en finissait pas de demander à Marie de lui pardonner. Jusqu'à ce petit rigolo de Buster Leonard qui se trouvait entraîné dans ce bain d'émotion et y allait de sa larme avec les autres.

Weedon, lui, pleurait et se pavanait tour à tour.

La représentation terminée, on vit Chickasaw et

une douzaine d'autres jeunes gars pleins d'entrain arriver en tirant une diligence derrière eux.

— Qu'est-ce que vous allez faire de ce chariot? demanda Abilene avec indulgence.

— M'sieur Abilene, dit Chickasaw, avec vot' permission, m'sieur, on va faire les canassons pour ces gens merveilleux du théâtre. On va les conduire jusqu'à l'hôtel en grande pompe, m'sieur! Et ça sera un honneur pour nous!

— Mais c'est formidable, dit Abilene en riant. Bonne idée, Chickasaw!

C'est ainsi que la vieille diligence, traînée par Chickasaw et sa bande de jeunes voyous reprit du service dans Chaparral Avenue, entre une double rangée de citoyens délirants, hurlant des acclamations sans fin.

— Et voilà, conclut Weedon en allumant un cigare. Ce n'était tout de même pas une si mauvaise idée de venir ici : au point de vue financier, et même artistique!

— Je suis morte, complètement épuisée, souffla Arlene. Mais c'était merveilleux! Mon Dieu! quel public!

Marie s'était renversée sur son siège, les yeux fermés, elle écoutait monter les hourras ponctués de coups de revolver.

— Si je ne me couche pas en vitesse, dit-elle, je vais tomber raide morte. Je n'arrête pas de voir défiler le désert, avec des aigles, des Indiens, et des bonshommes crasseux et moustachus.

— Moi, je n'arrête pas de voir ce merveilleux garçon, soupira Goldie. Comment s'appelle-t-il déjà?

— Chickasaw, ma chère.

— C'est le plus joli petit coq que j'aie vu depuis des années !

— Goldie, voyons ! s'exclama Arlene avec un léger reproche dans la voix.

Dans le hall de l'hôtel régnait un brouhaha assourdissant. Weedon se promenait de long en large avec le juge Paul, bras dessus bras dessous, tous les deux passablement éméchés. Raton, Gila Joe, Dry Gulch, Chickasaw et sa joyeuse équipe, Two-Gun Cates, et même Toddy, étaient tous au bar en train de chanter.

Abilene traversa le hall, son verre à la main, pour aller s'asseoir sur un canapé, seul dans un coin. Il était rempli d'un bonheur tranquille. A l'étage, Marie dormait d'un sommeil d'enfant, en toute sécurité.

Mais quelques instants plus tard, la rêverie solitaire d'Abilene fut interrompue par Billy Weedon.

— Vous avez un peu réfléchi au sujet de la pièce dont je vous ai parlé, Abilene, demanda-t-il.

— Pas spécialement, non !

— Eh bien, vous feriez pas mal d'y penser. Vous ne vous imaginez tout de même pas que Marie va partir d'ici sans vous, non ?

Abilene se mit à le regarder avec des yeux ronds.

— Quoi ?

— Ecoutez, Abilene, vous allez venir avec nous quand on repartira pour Chicago. On ira directement cette fois. Pas d'arrêt-buffet ! J'aurai de l'argent plein les poches quand je vais partir d'ici ; on ne sera pas obligés de jouer dans des trous impossibles avant d'arriver chez nous. Ecoutez, mon vieux ! Je vais vous confier le grand rôle dans *Héros du Désert.* Ça sera l'événement le plus formidable qu'on ait jamais vu à Chicago.

Abilene rit de bon cœur.

— Quelle bonne blague ! Videz donc plutôt votre verre ! dit-il avec bonne humeur.

— Mais je parle sérieusement, vous m'entendez : sérieusement ! s'écria Weedon. A nous deux, on aura un tel succès qu'on se souviendra d'Alkali comme d'un vrai four, à côté ! Je vous assure que vous devez m'écouter, mon ami. Vous n'allez pas me dire que vous êtes disposé à laisser Marie disparaître de votre vie comme ça, quand notre contrat ici sera terminé ?

— Elle ne disparaîtra pas de ma vie, dit Abilene. Jamais !

— Eh bien, c'est précisément ce que je veux dire ! Réfléchissez-y bien, mon vieux ! Réfléchissez !

— Réfléchir à quoi ? Moi, partir dans l'Est pour faire du théâtre ? Non, jamais !

Weedon se mit debout.

— Je me sens tout d'un coup complètement vanné. J'ai vraiment besoin de dormir. Je vous dis bonne nuit. Vous n'êtes pas crevé, non ? Vous avez pourtant eu une journée épouvantable.

— Monsieur Weedon, fit lentement Abilene, je suis trop heureux pour pouvoir dormir.

CHAPITRE VIII

Les jours, les semaines passaient et la Weedon Theatrical Troupe continuait de faire salle comble. Soir après soir, les mêmes gens venaient applaudir le même spectacle ; la pancarte « Places debout seulement » était généralement accrochée dès dix-neuf heures trente. Le public connaissait la pièce par cœur, et si l'un ou l'autre des acteurs oubliait une réplique — ce qui était souvent le cas — l'assistance se chargeait immédiatement de lui souffler le texte oublié.

Toute la ville savait à présent que Marie était la bonne amie d'Abilene, et les gens la traitait avec un profond respect. C'était un fait admis ; personne n'aurait eu l'idée de les critiquer ou d'émettre le moindre commentaire désobligeant ; ils allaient et venaient à leur guise sans être l'objet de regards gênants ou d'autres contrariétés.

Une nuit qu'ils étaient couchés ensemble, en train de fumer, Abilene demanda d'une voix détachée :

— Quand est-ce qu'on se met la corde au cou ?

— Jamais ! répondit Marie.

— Pourquoi pas ?

— Ça ne marchera pas ! J'ai déjà essayé ! Maintenant, j'ai l'habitude de vivre seule. J'aime mieux !

C'était vrai, Abilene ne le savait que trop bien.

Toutes les nuits, à un moment quelconque entre deux et quatre heures du matin, selon son humeur, elle le chassait de sa chambre ; sur quoi Abilene, fatigué et dormant à moitié, prenait en trébuchant la Cinquième Rue jusqu'à la maison du juge Paul où il s'écroulait sur son lit avec un grognement, sans même se déshabiller.

— Ça te ferait peut-être changer d'avis pour ce qui est de vivre seule, insista Abilene.

Marie s'était alors dressée sur un coude en tirant furieusement sur sa cigarette dont l'extrémité incandescente faisait apparaître son visage tout rose.

— Link, finit-elle par dire, tu as de l'argent, toi ?

— Non ! Peut-être deux cents dollars, plutôt moins, je crois.

— Eh bien, moi, en tout cas, j'en ai plus que toi.

Elle se laissa retomber sur le dos et continua à fumer en silence.

Au bout d'un moment, Abilene se leva et se mit à enfiler ses vêtements en hâte. Puis il sortit en faisant claquer la porte.

— Qu'est-ce qui lui prend ? murmura Marie avec indifférence ; puis elle se tourna sur le ventre et s'endormit.

Quand Abilene fit son entrée à « L'Oriental », il avait l'air de s'être habillé dans une maison en flammes dont il se serait échappé en se laissant glisser le long d'une gouttière. Gila Joe et Raton, qui étaient en train de jouer au pharaon, le lorgnèrent d'un œil critique, mais s'abstinrent de commentaires. Généralement, Abilene était considéré sur toute la Frontière comme le type le plus soigné de sa personne : soucieux de son apparence, il était toujours tiré à quatre épingles, plus encore que ce beau Brummel d'Alkali qu'était Chickasaw.

Abilene entraîna dans un coin le propriétaire de « L'Oriental », Clancy Abbot, un petit bonhomme au regard froid.

— Clance, dit-il, j'ai besoin d'un peu d'argent.

— *All right!* Combien ?

Abilene se gratta la tête en réfléchissant un bon moment.

— Oh ! Dans les deux mille, peut-être.

— *All right!* fit Abbot. Viens derrière, avec moi !

Abilene le suivit dans un petit bureau où béait, grand ouvert, un énorme coffre-fort d'un modèle ancien. Abbot s'agenouilla pour en sortir une cassette métallique.

— Je suis obligé de te donner quelques pièces d'or de cinquante dollars, Link, fit Abbot. Je n'ai presque plus de billets.

— Ce que tu voudras, ça m'est égal !

Abbot lui compta l'argent dans la main puis rangea la cassette et se remit debout.

— Ça ira ?

— Oui, répondit Abilene. Merci ! Et si tu as encore envie de dire que je suis ton associé, tu n'as qu'à le faire !

— Tu veux dire que tu acceptes de devenir mon associé ?

— Non ! Mais je te permets de le dire, si tu en as envie.

— Nom d'un chien ! Link, ça, c'est que de la roupie de sansonnet !

— Ne t'en fais pas pour ça ! fit Abilene. Je reviendrai peut-être à la charge.

Abbot rit, en secouant la tête.

— Link, il y a des fois où je me demande si, question d'argent, même un Indien n'a pas plus de bon sens que toi. En tout cas, moi, je vais de ce pas dire à tout le monde qu'on est associés. Comme ça, tu ne pourras plus changer d'avis !

Les pièces d'or tintant dans ses poches, Abilene se hâta de retourner à l'hôtel où logeait Marie.

Elle dormait. Il sortit l'argent, le posa sur son propre oreiller, puis se déshabilla et commença à se glisser dans le lit, en faisant doucement, pour ne pas réveiller Marie. Mais elle s'éveilla quand même, ou, en tout cas, fut à demi tirée de son sommeil. Elle lui tendit les bras.

— Chéri, chéri, chuchota-t-elle d'une voix câline.

Quelques instants plus tard, Marie étendait le bras dans un élan passionné et sa main rencontra les pièces d'or.

— Bon sang ! s'écria-t-elle. Qu'est-ce que c'est que ça ?

— De l'argent, répondit Abilene. Deux mille dollars.

— On en parlera après… décida-t-elle.

— Link, tu es fou, dit Marie. Donne-moi une cigarette.

Abilene roula deux cigarettes, les alluma, et ils restèrent étendus, à fumer.

— Mais où as-tu trouvé ça ? Tu as attaqué quelqu'un ?

— Non, répondit Abilene d'une voix qui ne l'engagea pas à poursuivre.

— Bon, bon, je ne veux pas te tirer les vers du nez. Mais enfin, Link, qu'est-ce que tu es en train de mijoter ? Tu veux m'épouser de force, comme le banquier riche et méchant dans *Greta, fille des montagnes ?*

Tous deux éclatèrent de rire. Puis Marie resta un

long moment silencieuse, le regard fixe, contemplant au plafond de vagues reflets de lumière.

— Tu veux dire que cet argent ne suffit pas ? demanda finalement Abilene.

— Link ! pour l'amour de Dieu, arrête de m'embêter avec ça ! J'ai dit non, et c'est non ! Je n'ai aucune envie de me marier. J'en ai eu mon compte, du mariage, et je ne tiens pas non plus à rester dans le Far West ! Tu me plais bien, Link, je suis folle de toi. Mais laissons faire la nature ! Ça ne durera pas toujours !

— Et si je partais dans l'Est ?

Dans la demi-obscurité, Marie se leva sur les coudes pour le dévisager.

— Toi ! Dans l'Est ! Et qu'est-ce que tu ficherais là-bas ? De quoi tu vivrais ? Moi, tu sais, je ne gagne pas assez pour deux !

— Parce que t'imagines que je vivrais à tes crochets ?

— Tu ne peux pas vivre d'amour et d'eau fraîche !

— Je ne sais pas exactement ce que je ferais, dit Abilene. Mais je trouverais bien quelque chose. J'ai toujours gagné ma vie, depuis l'âge de treize ans.

Plus tard dans la nuit, Marie lui dit d'une voix ensommeillée :

— Rentre chez toi maintenant, Link. Il est tard. Je suis morte, morte. Rentre chez toi...

Abilene sortit du lit ; puis il se pencha pour l'embrasser.

— Zut alors ! s'écria Marie. Si seulement tu te faisais couper les cheveux ; ça me porte sur les nerfs chaque fois que je les vois pendre au-dessus de moi comme si tu étais une femme. Pourquoi tiens-tu à les porter comme ça ?

— C'était la coutume, et c'est devenu une habitude.

— La plupart des hommes que j'ai vus ici ont les cheveux courts, comme Chickasaw, par exemple.

— On les portait comme ça par bravade, pour mettre les Indiens au défi de venir nous chiper nos scalps.

— Vous aviez de ces jeux, dans ce temps-là ! Tu ne crois pas qu'il serait temps d'en finir, maintenant ?

— Non, c'est devenu une habitude. Sans mes cheveux, je me sentirais tout nu, sans compter que je m'enrhumerais sûrement, par-dessus le marché.

— Tu parles ! Fragile comme tu es ! Allez, coupe-moi cette tignasse, et je réfléchirai peut-être à ta petite proposition, Link.

— Non ! fit Abilene.

— C'est bien ce que je pensais. Au fond, tu n'as pas tellement envie de te marier !

Abilene acheva de s'habiller, en silence, puis gagna la porte.

— A demain ! lança-t-il.

— Hé ! s'exclama Marie, embrasse-moi !

Quand il se fut exécuté, elle demanda :

— Qu'est-ce que je fais de tout cet argent ?

— Range-le pour moi. Bonne nuit !

Il ferma doucement la porte derrière lui. Quand elle ne l'entendit plus, Marie sauta hors du lit et alluma la lampe ; puis elle prit l'argent à pleines mains et l'étala sur la couverture. L'éclat des pièces d'or de cinquante dollars l'hypnotisait.

— Dieu, que c'est beau, l'argent, songea-t-elle. Je ne m'en étais pas rendu compte avant.

Les recettes finirent quand même par diminuer un peu. Un soir, Weedon s'adressa à la troupe en poussant un soupir.

— Mes amis, il est temps de prendre congé de nos hôtes, le public commence à être lassé. A la fin de la semaine prochaine, nous partirons. Je vais l'annoncer demain. Comme ça, on fera encore une semaine à tout casser, et nous partirons d'ici en pleine gloire.

— Dommage que ça ne puisse pas toujours durer, soupira Buster. Vous ne me croyez peut-être pas, mais je m'y faisais, moi, à ce trou de péquenots. Je commençais à l'aimer.

— Et ici les hommes, sont de vrais hommes. Et beaux, avec ça ! dit Goldie en hochant tristement la tête. C'est un vrai plaisir de les regarder, à côté de cette bande de chienlits qu'on voit à Chicago...

Là-dessus, Weedon prit Marie à part...

— J'ai besoin que tu me rendes un service, et entre parenthèses, tu te rendras en même temps service à toi-même. J'ai terminé ma pièce. Elle fera absolument sensation à Chicago et dans tout l'Est, si on arrive à persuader Abilene de venir avec nous pour faire partie de la distribution.

— Mais, enfin, Billy, tu rêves. Il ne voudra pas venir ! Et même s'il venait, il ne pourrait pas tenir un rôle. Ça serait un massacre.

— Pour ça, mon chou, répondit Weedon, fais-moi confiance. J'ai écrit ça d'une manière très astucieuse : il a un rôle de premier plan, mais pour ainsi dire pas une seule ligne de texte à prononcer. N'importe quel imbécile pourrait apprendre ce rôle. Et quelle allure il aura, sur scène, avec ses revolvers, ses cheveux, sa taille de géant et cet air formidable qui n'appartient qu'aux hommes du Far West. Pour moi, il est l'Ouest personnifié, Marie ! Du reste, jette un coup d'œil sur ça, ajouta Weedon en tirant de sa poche un exemplaire du *Harpers Weekly.* C'est M. Pringle, le directeur du Tucson Opera House, qui a eu l'amabilité de me l'envoyer. Regarde-moi ce panégyrique sur Abilene. Et ce n'est pas n'importe quelle feuille de chou, c'est sur le plan national, ma fille, sur le plan national que ça se passe ! Le vieux Billy peut encore faire de grandes choses et vous faire réussir tous avec lui, malgré la mauvaise volonté que tu mets à m'écouter !

Marie parcourut l'article et contempla en silence les gravures sur bois qui l'illustraient.

— Bon, dit-elle finalement. Je pense que tu es fou à lier, Billy, mais je verrai ce que je peux faire. Il est toujours après moi pour qu'on se marie.

— Formidable ! s'écria Billy. Alors, épouse-le, sacré nom d'une pipe ! Il ne pourra pas faire autrement que de venir avec nous, si tu te maries avec ! Attends ! J'ai une idée sensationnelle : on fera la noce en public, et le juge Paul vous mariera ! Ça sera magnifique ! J'en suis tout malade rien que d'y penser ! Ça sera écrit dans tous les journaux de l'Est !

Ce soir-là, après la représentation, Weedon prit à nouveau Marie à part.

— Tu lui as parlé ?

— Je n'ai pas eu le temps. Billy...

— Ecoute, j'ai eu une idée de génie et, comme toujours, je l'ai aussitôt mise à exécution. J'ai pensé tout d'un coup à une chose, c'est que ça lui fait peut-être de la peine à Abilene, de partir tout seul dans l'Est, sans un seul de ses compagnons de jeunesse, tu comprends ? Alors, je me suis dit : « Billy, pourquoi tu n'inviterais pas deux ou trois de ses copains ? Ils sont pittoresques, ça ferait de la bonne publicité, et tu peux les utiliser dans ta pièce ! » Alors je suis allé sonder Raton, Gila Joe et l'autre vieux type, comment s'appelle-t-il, déjà... ? Celui qui est toujours plein de taches de nicotine, Dry quelque chose...

— Dry Gulch, dit Marie.

— C'est ça ! Je leur ai fait jurer le silence parce que comme je leur ai dit, il n'en sortirait peut-être rien. Bref, Raton m'a dit que, lui, il ne ferait jamais un pareil voyage. J'ai l'impression que c'est parce qu'il est recherché là-bas par la justice. Mais Gila Joe m'a répondu qu'il irait n'importe où, pourvu qu'on le paye avec de l'argent honnête, qu'il soit nourri et logé, et qu'on lui paye le voyage. Dry Gulch aussi a dit qu'il viendrait, jouerait dans la pièce, ferait tout c'que je lui demanderais pourvu qu'Abilene vienne aussi. Tu vois ? Quelques tours de passe-passe, et hop ! Mais surtout, ne parle pas de ça à Abilene. C'est une carte qu'on gardera dans la manche, en quelque sorte.

— Très bien, Billy, dit Marie avec un soupir.

Sur quoi, Weedon sortit un billet de cinquante dollars et le montra à Marie.

— Tu vois ça ? Le jour où tu décides Abilene à venir avec nous, il est à toi.

Quelques semaines plus tôt, une telle offre aurait semblé à Marie d'une prodigalité presque insensée ; avant d'arriver à Alkali, elle n'avait pour ainsi dire jamais possédé plus de dix dollars à la fois dans sa bourse. Ici, avec tous les frais payés, elle avait pu mettre de côté ses cachets et possédait à présent un bas de laine de deux cent cinquante dollars ; sans compter les deux mille qu'Abilene lui avait remis, et qu'il semblait avoir oubliés. Elle ne résista pas à la tentation de donner une émotion à Weedon !

— Garde ton billet, Billy, fit-elle d'un ton dégagé. Je n'attends pas après ça !

Weedon était sidéré. Il fixait, d'un air ébahi le

visage de Marie qui le narguait d'un sourire triomphant.

— Qu'est-ce que tu racontes, ma cocotte ?

Marie prit sa bourse et en sortit un épais rouleau des billets de banque et une pile de pièces d'or.

— Tu n'as qu'à compter ! dit-elle sèchement.

Weedon se mit à compter. Il en transpirait et poussa un juron entre ses dents.

— Deux mille et... Bon Dieu de Bon Dieu ! (Il leva un regard hébété sur Marie.) Mais sapristi ! tu es riche, Marie. Tu veux acheter une part, dans le show ?

— Non, merci ! dit Marie en reprenant l'argent des mains de Weedon qui semblait ne s'en défaire qu'à contrecœur.

— Tu ferais mieux de me confier ça, mon chou. Je le garderai pour toi !

— J'y arriverai toute seule !

— Quand je t'ai proposé d'acheter une part dans le show, je ne voulais pas parler de *Greta* avec ses décors râpés et ses attractions minables. Je parlais des *Héros du Désert*. Tu peux me croire, ma cocotte, tu sais bien que je ne te donnerais pas un mauvais conseil ! Profite de l'occasion pour t'assurer la primeur d'un bon placement. On se fera des milliers et des milliers de dollars !

— Tu n'as jamais travaillé avec un guérisseur ambulant, par hasard, Billy ? lui lança subitement Marie.

La voix de Weedon s'altéra d'un seul coup.

— Si ! Pourquoi ?

— C'est bien ce que je pensais. Il t'en est resté quelque chose dans ta façon de vendre ta salade !

— Et toi, tu n'as pas été avec ce vieux charlatan de Washita, non ?

— Si, répondit Marie. Quand j'avais dix-sept ans. J'étais une princesse cherokee sourde et muette. Le fakir Washita me rendait mes facultés en m'hypnotisant.

— Je parie bien que ce n'était pas tout ce qu'il faisait, s'écria Billy avec un gros rire, oubliant un instant sa blessure d'amour-propre et son effort désespéré pour placer sa marchandise.

— Passons sur les détails ! Tout ce que je peux te dire, c'est que tu ne te trompes pas.

— Oh ! je l'ai bien connu, ce vieux salopard, dit Billy. Il a attrapé une balle dans le ventre, au Texas. Un mari furieux qui lui a tiré dessus. Et tu ne sais pas ce que le mari a dit à Washita, quand il était en train de passer l'arme à gauche ? Il lui a dit : « Tiens ! c'est le moment de t'envoyer un flacon de ton Elixir miraculeux ; tu verras bien si ça te guérit ! »

Weedon se tenait les côtes de rire.

— C'est comme ça qu'il est mort, Washita ?

— Parfaitement !

— Eh bien, philosopha Marie à haute voix, ça lui pendait au nez. Mais maintenant, il faut que je m'en aille. Link m'attend, ajouta-t-elle. Bonsoir Billy.

— N'oublie pas, surtout ! La façon de placer la marchandise ! C'est la recette du bonheur !

— Okay !

— Au fait, Marie... Tu ne crois pas qu'il vaudrait mieux que tu me confies la garde de tes économies ?

— Non merci !

— Bon ! Mais... autre chose, Marie : réfléchis au moins un peu à ma proposition d'investir dans mon nouveau projet. Disons quinze cents dollars ! Comme ça, il t'en restera encore un tas à dépenser.

— J'y penserai, Billy.

— Bonsoir, mon chou. Que Dieu te garde !

— Marie, dit Abilene quand ils prirent le chemin de l'hôtel, j'ai bien réfléchi depuis deux jours : je vais partir dans l'Est avec la troupe.

— Tu veux dire, pour jouer dans le show ? demanda Marie avec stupéfaction.

— Qu'est-ce que je peux faire d'autre ? Tu ne veux pas vivre ici.

Marie étouffa un gémissement.

— Non, ça c'est vrai, Link, admit-elle.

— J'arriverai peut-être bien à m'y mettre, à cette histoire de show. Après tout, qu'est-ce que je peux faire ici, maintenant ? La Frontière et tout ça, c'est déjà du passé. A Tucson, ils commencent déjà à construire le chemin de fer qui passera ici.

— Alors, bon ! C'est parfait, Link. Mais c'est une surprise. Tu ne m'as jamais rien dit. Pourtant, j'avais bien l'idée que quelque chose te préoccupait.

— Si on se mariait avant de partir ?

Marie avala péniblement sa salive, et ils se turent un bon moment.

— Après tout... pourquoi pas ? dit-elle finalement.

— Bon, fit Abilene. J'en ai déjà parlé au juge Paul. Rien que pour lui demander s'il accepterait de le faire, tu comprends.

Marie partit d'un rire bruyant et faux.

— On va rentrer tout de suite à l'hôtel pour fêter ça, Link. Fêter notre mariage prochain. Tu vois quelque chose de mieux pour le fêter, toi ?

— Ce n'est peut-être pas l'usage, dit Abilene. Mais à quoi bon reculer, maintenant !

— C'est un usage bien plus répandu que tu n'as l'air de le croire, expliqua Marie avec un rire tout émoustillé.

Plus tard, ils restèrent étendus, à causer.

— C'est drôle comme un homme peut changer, disait Abilene... Moi, j'ai toujours été ce qu'on appelle par ici un solitaire. Je me trouvais toujours mieux quand j'étais seul. Et puis, la première fois que je t'ai vue, je me suis dit : « Cette fille-là, elle est pour moi. » C'est une chose que je n'avais jamais dite avant. Tu crois peut-être que j'invente. Mais c'est vrai !

— Je ne crois pas que tu inventes, dit Marie tranquillement. Mais ne t'emballe pas.

— On sera mariés avant la fin de la semaine !

— Okay ! N'empêche que je te dis de ne pas t'emballer.

— Toi, tu es vraiment une fille têtue. Mais de quoi as-tu donc peur ?

— Je n'ai peur de rien. En tout cas, pas de ce que tu crois. J'ai peur des araignées, bien sûr. Et quand je dors dans un train, j'ai toujours peur qu'il y ait un déraillement et que je reste coincée dans le wagon... J'ai peur des ruelles sombres et aussi des bossus. Mais autrement, je n'ai peur de rien.

Abilene alluma deux cigarettes, et ils fumèrent un moment en silence. Marie éteignit finalement la sienne.

— Il se fait tard, Link.

— Okay, fit Abilene en se levant. Je m'en vais. Je suis déjà parti ! Mais bientôt, ça sera fini cette histoire de sortir d'un lit chaud pour rentrer chez moi !

Quand il fut parti, Marie sortit du lit, alluma une autre cigarette, s'agenouilla à la fenêtre et contempla Chaparral Avenue. Des ombres bougeaient sur les larges bandes de lumière jaune qui traversaient la chaussée devant les saloons et les tripots où la foule s'entassait. Deux pianos mécaniques gueulaient à vingt mètres l'un de l'autre, et formaient un duo dissonant. Des chevaux sommeillaient, résignés, au bout de leurs longes, devant les barres d'attache. Mais, au-dessus des maisons sans grâce et de toute cette cacophonie, le ciel du désert formait une voûte pure où scintillaient des myriades d'étoiles d'un blanc bleuté intense ; un ciel tel qu'elle n'en avait jamais vu de semblable chez elle, dans l'Est.

— Je n'oublierai jamais cette ville, murmura Marie d'une voix sourde. Et je ne veux plus jamais la revoir, ajouta-t-elle, catégorique.

Puis, brusquement, elle fondit en larmes. Elle n'aurait su dire pourquoi, mais elle ne pouvait pas s'empêcher de pleurer. C'était plus fort qu'elle. Finalement, elle se remit debout, lança sa cigarette par la fenêtre, tourna le dos à la rue et alla se jeter à plat ventre sur le lit, le visage enfoui dans l'oreiller.

En fin de compte, c'est publiquement que le mariage fut célébré. A la grande surprise de tous, Abilene avait été d'accord. Le juge Paul les maria donc au coin de Chaparral Avenue et de la Cinquième Rue.

Abilene portait un grand chapeau blanc de cowboy, une chemise de flanelle bleu marine et un foulard de soie jaune ; son pantalon collant en peau de daim était bien pris dans ses luxueuses bottes de cuir mexicaines, et une paire de calibres 45 à la crosse nacrée étaient enfoncés dans sa ceinture. Marie était vêtue de jaune. Son visage était pâle et tiré, et elle ne pouvait s'empêcher de tressaillir à chaque coup de feu tiré en l'air pour célébrer l'événement.

Après la cérémonie, les hommes avaient fait la queue pour embrasser la mariée. Goldie et Arlene pleuraient doucement dans leurs mouchoirs, tandis que M. Billy-Weedon-En-Personne faisait la roue et se pavanait, distribuant des cigares aux mieux habillés des spectateurs, comme si c'était lui le père de la mariée.

Des photographes et des journalistes de toute la presse du Sud-Ouest étaient présents, y compris celui du *Los Angeles Times,* envoyé par la rédaction au reçu d'un message bien tourné, et expédié à Tucson en malle-poste par Weedon, puis transmis au télégraphe par les soins de Dave Pringle.

Gila Joe et Dry Gulch avaient un air gauche et emprunté dans leur équipement neuf de cow-boy. Raton, qui n'avait pas quitté ses vieux vêtements crasseux, leur jetait des regards méprisants.

Avant l'ouverture du bal, Abilene entraîna Raton à l'écart.

— Puisque tu ne veux pas venir avec nous…

— C'est pas que je ne veux pas, interrompit Raton. Mais tu sais bien que je ne peux pas. Il y a des types qui ont bonne mémoire, par là-bas.

— *All right!* Alors écoute-moi bien. Ramène Nachez au Fort. Remets-le au colonel Higdon. Le colonel aime mon cheval, et il en prendra soin comme il faut.

— Vends-le, Abilene. Tu ne reviendras jamais !

— Le colonel m'a offert mille dollars pour Nachez quand j'ai quitté le Fort. Non, je ne le vendrai pas ; et je ne le donne pas non plus ! Le colonel n'aura qu'à prendre soin de lui, et s'en servir jusqu'à ce que je lui dise de me le rendre.

— C'est idiot ! Tu ne le réclameras jamais.

Buster Leonard, qui observait la scène se dit à lui-même, en tordant la bouche : « Je le savais bien que son grand amour, c est son cheval. »

Abilene tendit à Raton une somme qu'il avait préparée.

— Tiens, c'est pour payer les frais. Je sais que je peux avoir confiance en toi, Raton. C'est pourquoi je t'ai demandé ça.

Raton garda un instant le silence.

— Okay ! Link ! fit-il enfin. Je ferai ce que tu m'as dit. C'est un plaisir de monter un cheval pareil. Merde ! j'aurais bien voulu venir avec toi ! C'est que vous allez me manquer, toi et les autres.

Ils se serrèrent la main en silence.

La noce, ou comme on disait, la « fiesta », se déroula au beau milieu de Chaparral Avenue, et les danseurs soulevaient tellement de poussière qu'on aurait pu croire qu'une horde de bétail venait de passer par là. Deux orchestres mexicains jouaient sans relâche, à tour de rôle.

Vers le milieu de l'après-midi, le juge Paul, passablement éméché, s'avança au milieu de la rue et leva la main pour imposer silence. Il était flanqué de Toddy et de Tabe Cates. Ils arboraient tous les trois un air joyeux.

Ils firent signe à Abilene, en sueur mais heureux, de venir les rejoindre, et lui remirent un chèque au porteur de cinq mille dollars, avec les meilleurs souhaits de bonheur de la part des trois rois des Mines d'argent. Abilene, embarrassé et très ému, ne voulait pas l'accepter. Mais le juge Paul ayant déclaré d'un ton catégorique qu'il serait bigrement offensé si... Abilene prit le chèque, salué par des hourras enthousiastes et le crépitement des coups de revolver.

Aussitôt qu'Abilene put s'arracher aux autres, il entraîna Marie sous une porte.

— Où sont les deux mille dollars que j'ai laissés chez toi, à l'hôtel ?

— Dans ma bourse, répondit Marie.

— Donne-les-moi !

— Pourquoi ? demanda Marie, l'air contrarié.

— J'en ai besoin.

— Pour quoi faire ? Maintenant on a plus de sept mille dollars. C'est une jolie somme.

— Donne-moi cet argent ! Il n'est pas à moi. Je me le suis tout simplement fait donner par un type, et je n'aurais pas dû.

— Il le réclame ?

— Non, mais...

Marie se mit à pleurer.

— Oh ! je t'en prie Link... ne le rends pas ! Je l'ai gardé si longtemps. C'est mon petit magot, à moi !

— Mais, Bon Dieu, Marie ! On a déjà cinq mille dollars sur le chèque ! De quoi on a besoin d'autre ?

— Moi, j'en ai besoin, insista Marie, en reculant, comme pour lui échapper.

Abilene la regarda avec étonnement. Elle ne paraissait plus du tout la même. Elle semblait butée, vulgaire, malade.

— Mais qu'est-ce que tu as, chérie ?

— C'est comme une sorte de porte-bonheur pour moi. Je ne veux pas m'en séparer.

— Bon alors ! Je n'ai qu'à faire changer ce chèque contre...

— Oh ! Link ! Tu n'as aucun bon sens ! Tu es tellement dans les nuages ! Garde le chèque comme il est. On le déposera à la banque, à Chicago, comme ça, on aura quelque chose en réserve, en cas de besoin. Pour vivre, on se servira de l'argent que je garde dans ma bourse. Il faut que tu m'écoutes, Link.

Je t'assure que, quand il s'agit d'argent, tu n'as pas plus de raison qu'un enfant.

— Mais Bon Dieu de Bon Dieu ! s'écria Abilene. J'ai honte de moi pour ce que j'ai fait. Est-ce que ça vaut la misérable somme de deux mille dollars ?

— Parfaitement ! répondit Marie. Moi, j'ai bien eu honte, salement honte, pour cinq dollars !

Il la fixait droit dans les yeux et elle soutint son regard, d'un air de défi.

— Je ne te le donnerai pas, Link. Ou bien tu m'écouteras, ou bien tu iras dormir dans la maison du juge, cette nuit... toute la nuit !

Abilene se détourna d'elle et s'éloigna. Dry Gulch surgit, pour lui donner une tape dans le dos, au moment où il tournait le coin de la rue.

— Link, qu'est-ce que tu dis de mes nouvelles frusques ? Tu trouves pas que je suis le plus beau gars de ce côté du Rio Grande ?

Abilene réprima une réaction violente.

— Ça, on peut le dire, l'Ancien, réussit-il à articuler.

Il planta là Dry Gulch pour se faufiler dans la foule, devant une sellerie, mais Gila Joe, plein comme un œuf et crânant dans ses vêtements neufs, l'interpella au passage.

— Qu'est-ce que tu as à te faire tout petit comme ça ? demanda-t-il. T'as peur du shérif ?

— J'en ai assez de danser, murmura Abilene.

Il se retourna et rencontra le regard de Marie qui se tenait debout, à moins de deux mètres de lui.

— Tu ne viens pas danser avec moi ? lui cria-t-elle en riant. Ne commence pas déjà à te sauver. On n'est mariés que depuis quelques heures.

— Attrape-le, Mademoiselle Marie, gueula Gila Joe. Attrape-le ! Faut pas le laisser s'échapper. Il est comme un cheval sauvage ; il a l'habitude d'être libre. Faut le dresser dès le commencement !

Ils dansèrent. Marie, se pressait carrément contre lui, de tout son corps tout en souriant gaiement et sans gêne à la foule.

— Ce n'était pas ce que je voulais dire, tu sais, fit-elle. J'étais seulement un peu énervée. Mais, Link... s'il te plaît... Si seulement tu voulais m'écouter quand il s'agit d'argent, je t'en prie ?

— Mais, Marie...

— Si on disparaissait en douce pour rentrer à l'hôtel, tu veux, chéri ? Là, on pourra parler tranquillement...

Abilene ne rendit pas les deux mille dollars à Clancy Abbot.

Le soir qui précéda le départ, Abilene joua une dernière partie de poker avec les trois rois des Mines d'argent, pendant que la troupe donnait sa dernière représentation.

— Abilene, dit soudain Toddy au cours de la partie, il se peut bien qu'on vous suive bientôt.

— C'est vrai ?

— Oui, dit Toddy avec un sourire heureux. La « Consolidated » nous a offert quatre millions pour l'ensemble de nos concessions, cet après-midi.

Abilene émit un sifflement, puis se mit à leur distribuer, à tour de rôle, de grandes tapes dans le dos.

— Mais c'est bien ! C'est très bien ! Je suis rudement content d'entendre ça, les gars !

— Nous, on a demandé davantage : six, dit Toddy. Mais, à mon avis, on arrivera à se mettre d'accord pour environ cinq. On aurait bien aimé avoir deux millions chacun, mais on ne pourra peut-être pas obtenir tout à fait autant.

Dix minutes plus tard, le juge Paul et Tabe Cates étaient en train de se chamailler pour une relance de cinq dollars. Abilene fut pris d'un inextinguible fou rire. Quand il expliqua enfin la raison de son hilarité, le juge Paul rétorqua :

— Mais c'est une question de principe ! On joue au dog poker, alors, l'enjeu est limité. Bon Dieu ! Moi, je vous dis que le plus qu'on peut relancer, pour l'instant, c'est de deux cinquante.

Le juge Paul l'emporta finalement sur Tabe Cates, après une longue et âpre discussion. Puis, quand le juge Paul eut remporté cette manche, il explosa et en voulut à tout le monde. Abilene posa sa tête sur la table en riant aux larmes.

Toddy l'observait attentivement. Il trouvait que ça ne ressemblait pas du tout à Abilene.

CHAPITRE IX

Le jour de leur arrivée à Chicago fut marqué par une violente tempête de neige. Un vent du nord glacial, balayait en rafales le lac Michigan. La cohue et le vacarme de la gare plongèrent Abilene, Dry Gulch et Gila Joe dans l'effarement ; ils se laissèrent conduire comme des enfants, et, poussés par Marie et Buster Leonard, se retrouvèrent au milieu d'une foule grouillante de gens qui les bousculaient en se hâtant dans toutes les directions.

Cependant, des badauds commençaient à manifester une certaine curiosité au spectacle de ces trois hommes, en paletots courts de tissu grossier, à la mode de l'Ouest, avec leurs longs cheveux qui leur tombaient sur les épaules, sous le chapeau à larges bords ; puis les regards des curieux se tournèrent vers le couple qui, manifestement, exerçait son autorité sur le trio : le sémillant petit comique de vaudeville tiré à quatre épingles avec son chapeau melon penché sur l'oreille, et la grande fille pâle aux yeux fardés.

— Mais, c'est un show du Far West, s'écria quelqu'un. Où sont les Indiens ?

On entendit des cris de guerre indiens fuser, parmi les rires.

Poussé de droite et de gauche, bientôt encerclé, le petit groupe fut finalement obligé de s'arrêter. Un jeune homme répondant au nom de Doggy Wilson, le chapeau melon repoussé sur la nuque et la moustache noire cosmétiquée, les prit en main et les poussa encore un peu plus, tandis que d'autres types hurlaient des ordres et se mettaient à prendre des photos, en les priant sur tous les tons de garder la pose jusqu'à ce qu'on leur fasse signe qu'ils pouvaient bouger.

Abilene était complètement ahuri. Marie le faisait manœuvrer par de petites pressions sur le bras ; il posait, souriait, ôtait son chapeau, le remettait, tandis que le vieux Dry Gulch, agacé et mal à son aise ne cessait de ronchonner contre tout le monde, malgré les efforts de Gila Joe qui se tenait à côté de lui et faisait son possible pour le calmer.

Une violente altercation éclata soudain entre Weedon et Doggy Wilson.

— Je t'avais pourtant dit de t'arranger pour que les journalistes soient là ! gueula Billy. Tu te rends pas compte ? C'est l'affaire la plus formidable...

Doggy se mit à hurler à son tour :

— Mais toute la smala vous attend à l'hôtel, Billy. Il n'en manque pas un ! Ils ont des cigares et du whisky à discrétion et sont bien au chaud, à l'abri de la tempête. Ce qui veut dire qu'ils sont dans les meilleures dispositions du monde, tu piges ? On va faire un malheur, Billy ! Toute la ville en parlera, tu m'entends !

Weedon commençait à se calmer.

— En plus, j'ai amené mes propres photographes, comme ça, on aura des tas de photos à leur refiler, tu comprends ? Et ce n'est pas tout, Billy, attends ! M. Laszlo a demandé à te voir, après la conférence de presse.

Cette dernière nouvelle riva définitivement son clou à Billy.

— M. Laszlo ! Bon Dieu ! Pourquoi ?

— Le show l'intéresse. Il se pourrait bien qu'il veuille nous commanditer.

Billy, pour une fois, en restait sans voix.

Doggy s'empressa de poursuivre.

— Je lui ai montré le scénario. Je lui ai expliqué à propos de... de... comment les appeler ? Enfin, de ces types du Far West. C'est un étranger, tu comprends ; le Far West, pour lui, c'est quelque chose d'extraordinaire, pas un phénomène établi, comme pour nous. Il délire d'enthousiasme quand on parle d'Indiens, et de hors-la-loi et de... enfin, comment tu les appelles, ceux-là ?

— Des Anciens de la Frontière, Doggy, expliqua Weedon, qui avait enfin retrouvé sa voix. Des Anciens de la Frontière... les hommes qui ont conquis l'Ouest et en ont fait ce qu'il est !

Puis Doggy tourna vivement la tête.

— Bon Dieu, quel gaillard ! Quelle carrure ! Et regardez-moi cette merveilleuse chevelure blonde et ondulée ! J'aimerais bien dénicher une petite poulette avec des cheveux pareils. Toutes les mômes se les teignent par ici... on dirait des perruques en filasse. Bref, pour revenir à Laszlo, j'ai bien l'impression qu'il va les lâcher, Billy ! Mais ouvre l'œil et le bon, et joue serré. Il n'est pas hongrois pour rien !

— Pour ça, tu peux compter sur moi ! déclara farouchement Weedon.

Abilene était étendu sur le lit de leur chambre d'hôtel, les mains sous la nuque, le regard fixé au plafond. La chambre, au neuvième étage, était froide, et le vent qui soufflait furieusement du lac secouait les fenêtres et faisait trembler leurs vitres sans arrêt. Marie allait et venait ; elle s'était mise à défaire les bagages, indifférente au cadre qui l'entourait mais la présence d'Abilene, inerte sur le lit comme un mannequin de cire, l'agaçait.

Vers quatre heures, on frappa à la porte, et Marie alla ouvrir. Billy Weedon fit son entrée en se pavanant. Il fumait un gros cigare dont il n'avait pas ôté la bague, et répandait autour de lui une forte odeur de whisky.

— Et voilà ! s'exclama-t-il en appliquant une tape sur le derrière de Marie. La chance est avec nous ! Ça marche comme sur des roulettes ! C'est formidable ; M. Laszlo veut se mettre avec nous ; il va y aller d'un bon paquet !

— Tâche d'avoir ça noir sur blanc, fit Marie. Ou encore mieux, en bon argent comptant.

— Allons, allons, ma fille, s'écria Billy avec un geste excédé. Tu ne vas tout de même pas m'apprendre mon métier !

Ce fut à ce moment seulement qu'il se rendit compte de la présence d'Abilene, étendu sur le lit, tout habillé à l'exception de ses bottes, et qui s'était mis à ronfler doucement, un vague sourire illuminant son rude visage hâlé.

— Il a trop bu ? demanda Billy.

— Non, répondit Marie. Il est fatigué !

— Réveille-le, dit Billy. Il faut que je vous parle affaires, à tous les deux.

— Oui, dit Marie, en effet ! Tu n'as pas encore signé les contrats de Link.

— Donne, je vais te les signer tout de suite.

Marie lui jeta un regard étonné, puis elle s'empressa de tirer les contrats de sa valise, trempa dans l'encrier le porte-plume fourni par l'hôtel, et attendit.

— A moins, évidemment, fit Billy, qu'on puisse arriver à un meilleur arrangement, pour Abilene et pour toi.

— C'est bien ce que je craignais ! fit Marie.

Weedon prit un air de dignité offensée.

— Ecoute un peu, ma cocotte ! Qui est-ce qui s'est remué, dans cette affaire ? Qui a payé tous les frais ? Est-ce que j'ai fait travailler la troupe, en l'obligeant à jouer dans tous les trous de péquenots, pour revenir ici ? Moi, j'essaie de te rendre service, c'est tout !

— Billy, dit Marie, Abilene et moi, on a de l'argent et on est dans une bonne situation, on peut aller où ça nous chante. Alors, arrête tes boniments, et signe !

— Je ne peux pas, fit Billy. Plus maintenant. C'est M. Laszlo qui doit signer maintenant, enfin contresigner. On s'est mis d'accord pour un arrangement et...

Un silence tendu régna pendant un instant, puis Marie se mit tranquillement à déchirer les contrats dont elle jeta les morceaux sur le plancher.

— Okay, Billy ! fit-elle. Puisque tu veux nous rendre service, tu n'as qu'à doubler les cachets d'Abilene !

— Mais il les avait signés ! Il les avait signés ! cria Billy qui trépignait de rage. J'ai vu sa signature !

— C'est vrai ! répondit Marie. Malgré mes conseils. Okay. Alors, tu n'as qu'à recoller les morceaux. De toute façon, ils ne valent rien avant d'être signés par toi.

— Tu es une fille rudement futée, ma belle ! ragea

Billy. Je me demande comment ça se fait que tu ne sois pas riche ?

— Je commence à me le demander moi-même, riposta Marie d'une voix aiguë.

Abilene se réveilla en sursaut et regarda autour de lui avec un sourire ensommeillé, puis sa figure s'allongea, et il se laissa retomber en arrière, sur le lit.

— Regardez-moi cette saleté de neige, grogna-t-il. Il y en a plein sur le rebord de la fenêtre.

— Je croyais que tu aimais la neige, fit Marie. Peut-être que tu l'aimeras cette nuit, quand il y aura le clair de lune.

— Salut, Billy, dit Abilene.

Puis il se mit sur son séant et entreprit de rouler une cigarette.

— Ton espèce de chipie vient de déchirer à l'instant les contrats que tu avais signés avec moi, dit Billy. Maintenant, tu n'as plus aucun contrat.

Abilene se tourna vers Marie d'un air stupéfait.

— Pourquoi ça ? demanda-t-il au bout d'un instant.

— Il essaie de nous rouler, Link, expliqua Marie. Maintenant, il s'est associé avec ce Laszlo qui serait capable de voler une maison pierre par pierre, et il regrette l'engagement qu'il t'a offert. Il voudrait se présenter comme un véritable homme d'affaires, ce qu'il n'est pas ; il craint que le Hongrois le prenne pour un minus, alors, il est venu nous voir pour chercher un moyen de se retirer du contrat déjà établi. Seulement voilà, il n'y en a plus, de contrat ! Et s'il a besoin de tes services, il faudra qu'il double sa première offre !

— Mais, vingt dieux ! s'exclama Abilene, je lui ai donné ma parole, à ce gars-là !

— Ta parole ! Tu es complètement fou, non ? A qui crois-tu avoir affaire ? A un enfant de chœur ? Tu n'es plus dans le Far West, maintenant, en train de jouer aux Indiens et aux cow-boys, et de donner ta parole d'honneur pour te faire peut-être tuer après. Ici, tu as affaire à une bande d'escrocs qui sont tous de mèche pour te...

— Ne va tout de même pas trop loin, ma fille, interrompit Billy d'un air de profonde dignité.

— Traite-moi de menteuse, pendant que tu y es, riposta Marie. J'ai raison ou je n'ai pas raison ? La parole de Laszlo vaut combien, dis ? Est-ce que tu te contenterais de sa parole pour t'associer avec lui, hein ?

Weedon sentait le regard d'Abilene posé sur lui. Il se détourna avec un petit toussotement, en rallumant nerveusement son cigare qu'il avait laissé s'éteindre pendant la discussion.

— On avait un contrat, dit-il finalement. Abilene l'avait signé.

Les lèvres serrées, Marie ramassa les fragments éparpillés du contrat, les plia ensemble et y mit le feu à l'aide d'une allumette. Billy et Abilene les regardèrent brûler sans dire un mot.

— Okay ! Billy, dit Marie. Voilà la réponse ! A toi et à ton ami hongrois de jouer, maintenant !

— Mais ce n'est pas juste, ça, fit Abilene. Je l'avais signé. J'ai donné ma parole. Mais au fond, si on va par là, je n'ai pas besoin de contrat. Je peux très bien faire ce qui était dit dans le contrat en échange de l'argent convenu.

— Tu vois ? fit Billy, souriant, à Marie. Voilà un homme d'honneur ! Tu ne l'estimes pas à sa juste valeur, Marie !

Marie lui rit au nez.

— Okay ! Billy ! Vas-y ! Essaie donc de monter quelque chose sans contrat ! J'aurai peut-être encore mon mot à dire là-dedans, tu verras !

Billy alla à la porte.

— On discutera de tout ça plus tard, mais, en tout cas, je vous tire mon chapeau, monsieur Abilene ! Vous, au moins, vous êtes ce qui s'appelle un vrai gentleman !

— Ton chapeau, tu peux te le mettre au..., lui lança Marie.

— Ma parole, on dirait Goldie ! fit Billy en sortant. Autant rentrer chez moi.

— Il faut absolument que tu parles comme ça ? demanda calmement Abilene à Marie.

— C'est le genre de langage qu'on apprend, à fréquenter des gens comme Billy Weedon, et il y a... enfin, il y a pas mal de temps que je les fréquente. Maintenant, écoute-moi, Link ! Tu ne peux pas juger Billy et les gens que tu vois ici d'après les types que tu as connus dans l'Ouest. Ici, la parole d'un homme, ça ne vaut pas un clou. Chacun ne pense qu'à saigner les autres. Si tu te laisses faire, tout ce que tu gagneras, c'est qu'on se fiche de toi et qu'on te prenne pour une poire. Ecoute, Link ! Si tu étais dans l'Ouest et qu'un type avec qui tu vas te bagarrer réussisse par ruse à te faire tourner le dos, puis qu'il en profite pour te tirer dessus et qu'il te tue... de quoi tu aurais l'air ?

— D'un pauvre imbécile.

— Voilà, Link ! Tu commences à piger...

Dry Gulch était redevenu lui-même. Au bar de l'hôtel avec Gila Joe, il paradait devant une bande de types qui ouvraient leurs oreilles toutes grandes pour l'entendre raconter ses souvenirs du Far West.

— Je vous parle de l'Ouest véritable, claironnait

Dry Gulch pas l'Ouest pour demi-portions que c'est devenu maintenant. Il n'y a plus guère qu'Alkali qui va encore gaillardement son train pour le moment, comme Dodge, Deadwood et Virginia City dans le temps.

« Y a pas un métier que j'aie pas fait, dans ce monde, sauf de jouer du théâtre, expliquait-il. Et ça non plus, ça me fait pas peur ! »

A soixante-cinq ans, il en paraissait soixante-quinze. N'empêche qu'il était de force à se mesurer avec n'importe lequel des gars présents dans le bar, à commencer par ceux de vingt et un ans, et en continuant par les autres. Ce qu'il déclara cependant avec beaucoup de gentillesse, car, après tout, ses auditeurs n'étaient que de pauvres nigauds de l'Est.

— Pour ça, on se rend bien compte que, vous et votre compagnon, vous êtes tout ce qu'il y a d'authentiques. Mais le beau grand gars, Abilene, qu'est-ce qu'il est, lui ?

— Lui, c'est l'Ouest en personne, fit Dry Gulch d'un ton brusque, en se détournant avec mépris de son interlocuteur.

— Je ne voulais pas vous offenser, l'Ancien, insista l'autre. Mais Abilene est plus jeune que moi, et, moi je suis encore jeune. Il n'était même pas né quand vous étiez déjà des vieux de la vieille.

— Ça n'a rien à voir, fit Dry Gulch.

Puis il se tut, en pinçant les lèvres.

— Vous comprenez, expliqua Gila Joe, il y a des types ordinaires, comme Dry Gulch et comme moi, et puis, à côté, il y a les champions. Eh bien, même les champions, ils tirent leur chapeau devant Abilene. Et il y a de quoi ! Depuis vingt ans qu'il est sur la Frontière, depuis qu'il était tout gosse, quoi, il n'a presque jamais été obligé de se battre ; que deux ou trois fois, pas plus. Je ne dis pas contre les Indiens, mais dans des combats d'homme à homme, au revolver, dans la rue.

— Je ne comprends pas, fit le type.

— Non ! et il ne comprendra jamais, murmura Dry Gulch, dédaignant l'auditoire pour s'occuper de son verre.

Mais Joe, patiemment, faisait de son mieux pour expliquer.

— Tenez, moi, par exemple ; disons que je suis connu pour me défendre assez bien au revolver. Bon ! Partout où je m'amène, il y aura quand même un type pour me chercher des crosses, simplement histoire de me prouver que je ne suis pas si formidable que ça. Eh bien, Abilene, lui, c'est le plus connu de tous, et pourtant, personne ne s'aviserait de le provoquer. Personne !

— Mais pourquoi ? s'exclama le type.

— Ecoutez, poursuivit Joe, toujours avec la même patience. Il y avait un type qui avait la détente rudement facile ! Buford Lawless, qu'il s'appelait, un jeune gars d'une trentaine d'années. Il avait tué plus d'une douzaine d'hommes. Un tireur de première, mais un voyou. La plupart des types, il n'avait qu'à les reluquer pour qu'ils baissent pavillon et vident les lieux. A cause d'une petite question de business, il a provoqué Abilene. Eh bien... c'est lui, Lawless, qui a baissé pavillon et quitté les lieux. En pleine rue, devant tout le monde ; il n'a même pas dégainé. Il était dans un tel état qu'il a sauté sur son cheval et qu'il a quitté la ville, sans demander son reste. Il ne se sentait pas de taille. Abilene, il fout la trouille à n'importe qui. C'est physique. Ça ne s'explique pas. Mais dites ! mon verre est vide, ajouta-t-il d'un air surpris et peiné.

— Commandez-en un autre, lui dit son interlocuteur. Il faut discuter à fond de cette question.

— Ça fait longtemps que le mien est vide ! fit observer Dry Gulch d'une voix amère.

— Ne vous en prenez qu'à vous-même, lui répondit le type en riant. Vous n'avez qu'à en commander un autre. Tout l'honneur est pour moi, monsieur !

A l'issue d'une brève discussion, Abilene et Marie décidèrent de dîner dans leur chambre.

— J'en ai assez de voir les gens me regarder sans arrêt, dit Abilene.

— Tu t'y feras, répondit Marie avec lassitude. Il n'y en a plus pour longtemps avant qu'ils viennent te voir sur scène.

Abilene continua à manger sans répondre. Ses manières, à table, laissaient parfois à désirer. Il était un peu trop enclin à se servir de son couteau : il s'en servait même pour manger de la tarte.

— Qu'est-ce que tu regardes ? demanda-t-il finalement, en se rendant compte que Marie l'observait.

— Tu as vraiment tout ce qu'il faut pour faire un jongleur, dit Marie.

— Comment ça ?

— Ça doit être drôlement difficile de prendre les petits pois sur ton couteau sans les faire tomber.

— Mais non, dit Abilene en lui jetant un regard étonné, c'est facile. Tiens, je vais te montrer !

— Pas la peine, répondit Marie. Moi, je me sers toujours de la fourchette pour manger les petits pois.

— Tu veux dire que tu les enfiles, comme des perles ?

Du coup, la mauvaise humeur de Marie s'envola. Elle se mit à rire comme une folle, pliée sur son fauteuil ; elle en avait les larmes aux yeux.

— Qu'est-ce qu'il y a de si drôle, Bon Dieu ?

demanda Abilene qui commençait à sentir la moutarde lui monter au nez.

— Qu'on va se coucher en vitesse ce soir ! fut la réponse de Marie.

Abilene haussa les épaules et continua de prendre les petits pois avec son couteau.

Le lendemain, dans l'après-midi, tandis qu'ils fainéantaient dans leur chambre d'hôtel, à lire des journaux de Chicago et à regarder les rafales de neige par la fenêtre, Marie dit soudain à Abilene :

— J'ai été à la banque, ce matin.

Abilene murmura quelque chose derrière son journal.

— Link, je te parle !

Abilene baissa son journal d'un geste impatient.

— J'ai entendu : tu as été à la banque.

— Bon ! Maintenant, nous avons un livret de caisse d'épargne et un compte-chèques. J'ai mis deux mille sur le compte-chèques et cinq mille sur le livret. Le compte-chèques est un compte conjoint. Il faudra que tu signes ce papier, après, tu pourras tirer des chèques.

— Je n'ai pas envie de tirer des chèques ; ces trucs-là m'enquiquinent. Tu n'as qu'à les signer, toi.

— D'accord ! Mais tu le peux aussi, si tu le veux. Si par hasard tu te trouvais coincé quelque part, et que tu n'aies plus d'argent sur toi. Link, tout de même, écoute-moi ! C'est la « Farmers and Drovers Bank ».

— Bon, ça va !

— Signe, maintenant !

Abilene signa en maugréant.

— Pour le livret, tu n'auras pas besoin de signer.

J'ai mis l'argent à mon nom pour éviter la paperasserie. Ça ne te fait rien, Link ?

— Bien sûr que non ! C'est très bien. J'ai horreur de signer des papiers.

— Dis donc, on n'est pas trop mal partis, hein ? s'exclama Marie. On a déjà sept mille dollars, et dans pas longtemps l'argent du show va commencer à rentrer !

Abilene était de nouveau plongé dans sa lecture. Il marmonna vaguement quelque chose, derrière le journal déplié.

Le lendemain soir, Marie et Abilene dînèrent encore dans leur chambre ; mais avec Billy Weedon et M. Laszlo cette fois. Laszlo était un bonhomme trapu, court sur pattes, dépassant largement la quarantaine. Ses cheveux clairsemés frisottaient ; il avait un visage rond et blafard, et des yeux globuleux qui lui donnaient l'air d'un crapaud. Son sourire était d'une franchise désarmante et toute son allure extrêmement engageante. Ses manières correspondaient à ce que Billy Weedon appelait des manières « du vieux pays ». Il ponctuait la conversation de petites inclinations de tête déférentes, et baisa la main de Marie. Il insista pour tout payer et choisit les vins avec le plus grand soin. Il semblait fasciné par Abilene.

Abilene n'arrivait pas à comprendre un traître mot de ce que disait Laszlo ; il s'emplit donc l'estomac et garda un silence médusé.

Marie écoutait au contraire avec attention, nullement impressionnée par les attentions obséquieuses de M. Laszlo. Pour elle, il était clair comme le jour que Billy avait recommandé au Hongrois de lui en mettre plein la vue.

En fin de compte, il ressortait de l'entretien que M. Laszlo serait « beaucoup ravi » de donner son accord aux contrats primitifs, et qu'il était disposé à les signer sans attendre, en avançant immédiatement un acompte d'une semaine de cachets pour les « petites frais ».

Marie ne fit aucun commentaire. Elle resta assise sans rien dire, l'air absorbé. Billy, qui n'avait presque rien mangé, repoussa son assiette et alluma un cigare. M. Laszlo, fasciné, regardait Abilene engloutir sa purée de pommes de terre avec son couteau.

L'accueil réservé à sa proposition finit par éprouver les nerfs de l'aimable M. Laszlo. Il se leva de table et se mit à arpenter la pièce d'un air chagrin. Au bout d'un moment, n'en pouvant plus, il fit volte-face et explosa :

— Pour signer, vous donner cent dollars. Cadeau de moi. Très généreux, si ?

Cette fois, Marie répondit.

— Je regrette, monsieur Laszlo, dit-elle, mais vous serez obligé d'attendre que les contrats passent d'abord par notre avocat.

— Ah ! Avocats ! Bandits ! Galimatias !

Il pivota sur les talons, ouvrit la porte et sortit en la faisant claquer derrière lui.

— Qu'est-ce qui arrive à monsieur Laszlo ? demanda Abilene, abasourdi.

— Voilà, éclata Billy. Tu vois ? Tu l'auras voulu. Maintenant, notre show est dans le lac. Vous n'avez rien signé, et je n'ai plus aucun engagement envers toi, ni envers Abilene. Comment tu trouves ça ?

Un long silence suivit. Marie s'était levée et fumait une cigarette. Abilene avait entamé son dessert et se mettait à le déguster avec sérénité.

La porte se rouvrit brusquement, et M. Laszlo fut

de nouveau là, tout sourire. En s'inclinant légèrement devant les autres, il dit :

— Bon, bon, mes amis ! J'attendre. C'est dans mon cœur, le magnifique show de Far West. Je suis poire, j'attendre.

— C'est vraiment chic de votre part, monsieur Laszlo, s'exclama Billy Weedon avec un soupir de soulagement.

— Chic ? *All right !* Maintenant, nous boire le champagne, si ?

— Très bien, dit Marie. Asseyez-vous, monsieur Laszlo.

— M. Laszlo procéda encore à quelques inclinations de tête style « vieux pays », avant de reprendre place à table, le regard fixé sur Abilene, qui continuait de manger comme si de rien n'était.

— Je comprends pourquoi cet homme si grand, dit M. Laszlo comme s'il se parlait à lui-même.

Les contrats étaient enfin signés d'une manière que Marie estimait satisfaisante, et le show « était en route » comme disait Billy Weedon.

Finalement on donna le manuscrit de la pièce à Abilene pour qu'il le lise. Il monta immédiatement dans sa chambre et s'installa confortablement. Marie était sortie. Abilene avait la chambre pour lui tout seul.

Il posa une bouteille de whisky et un paquet de cigarettes — il ne les roulait plus lui-même — sur la table, à côté de lui, tira un tabouret pour y poser ses pieds, et se cala dans son fauteuil avec un soupir de contentement pour lire *Héros du Désert*.

Mais avant peu, il se mit à se gratter la tête : il ne comprenait rien de la pièce : elle n'avait absolument aucune ressemblance avec celle dont Billy Weedon lui avait déjà, avec quel enthousiasme, esquissé plusieurs fois les grandes lignes. Il n'y était question nulle part de la princesse Pottawattomie ; ni de Nuage Rouge ; ni d'un piège à ours ; ni de brigands blancs près d'un trou d'eau ; ni de rien d'autre. Dans cette histoire-là, il semblait s'agir de la fille d'un rancher, Nan, qui était amoureuse de deux types ; ou quelque chose de ce genre.

Soudain, Abilene pensa avoir trouvé la solution de l'énigme.

— Vingt dieux ! Billy s'est trompé de pièce. Il m'en a refilé une autre. Il avait dû les mélanger dans son tiroir !

Il mit son chapeau et descendit dans le hall à la recherche de Billy.

Il le trouva au bar. Ils s'installèrent, cigare au bec et verre de whisky à portée de la main, tandis que Billy se lançait dans une longue explication.

— Mon cher, c'est simplement parce que vous ne savez pas comment se font ces choses. Ecrire est une profession très particulière : tout se passe dans l'imagination. Quelque chose vous frappe, une idée ; ensuite, vous imaginez des parties, des scènes isolées. On en prend et on en laisse. Ça continue ainsi pendant un bon bout de temps. De plus, une pièce n'est pas comme un récit. Un récit, on peut l'écrire d'un bout à l'autre sans se préoccuper de rien. Mais une pièce constitue un effort commun. Il faut faire des compromis, arranger une chose par-ci, une autre chose par-là. Il faut penser aux aptitudes des acteurs disponibles, ne pas perdre de vue les incidences financières. *Héros du Désert,* tel que je concevais la pièce dans mon premier élan d'inspiration créatrice, aurait coûté une fortune à monter. Il aurait fallu changer de décors à tous les actes. Bon Dieu ! Vous vous rendez compte de ce que ça représente comme mise en scène ? Maintenant, il n'y a que deux décors. Vous comprenez ?

— Non ! fit Abilene. Et la princesse indienne ?

— Ecoutez ! Il n'y a plus de princesse indienne, maintenant. Ce n'était pas réalisable... du point de vue artistique.

— Une princesse indienne est pourtant rudement plus intéressante que cette espèce de dinde que vous avez mise à la place et qui n'est même pas fichue de savoir de qui elle a le béguin. Je vais vous dire comment sont les filles des Navajos. J'en ai connu une qui s'appelait « Œil de Gazelle »...

— Œil de Gazelle ! murmura Billy. C'est sublime !

— C'était la plus jolie fille que j'aie jamais vue, à part Marie. Elle était fine et souple comme un roseau. Elle avait de grands yeux noirs, avec un regard très doux, et ses pieds et ses mains étaient les plus jolis qu'on puisse imaginer. Quand elle se faisait belle, avec ses cheveux arrangés en une espèce de coiffure compliquée à la manière des Navajos, et qu'elle était drapée dans sa couverture bleu foncé, parée de tous les bracelets et ornements d'argent qu'ils ont l'habitude de mettre dans ces occasions, eh bien, je peux vous dire qu'on en avait le souffle coupé, rien que de la voir. Et, sans rien sur le dos, elle était encore plus belle ! C'est à elle que je pensais quand vous me parliez de la princesse Pottawattomie.

Billy soupira lourdement. Puis soudain il s'anima.

— Vous savez ce qu'on va faire, Abilene ? Je vais écrire toute une pièce en prenant « Œil de Gazelle » comme héroïne. On la jouera après *Héros du Désert*. Qu'est-ce qu'elle est devenue ?

— Elle s'est mariée avec un brave gars navajo, et ils ont eu plusieurs gosses.

— Bon ! Mais pour ça, il faudra trouver mieux... Qu'est-ce que vous pensez de cette idée, dites, Abilene ? Toute une pièce sur « Œil de Gazelle ». Après le succès triomphal que va remporter les *Héros du Désert,* ça fera une suite, et peut-être que Marie pourrait jouer le rôle.

— Voilà qui s'appelle parler ! dit Abilene. Mais, au fait, Billy, cette Nan... qui va jouer le rôle ?

— Qui croyez-vous ? Goldie, naturellement !

Abilene écarquilla les yeux ; puis il éclata de rire.

— Ne l'habillez pas en pantalon, surtout !

— Non, bien sûr que non ! dit Billy avec précipitation. Elle portera une longue jupe en daim. Et puis elle va se faire maigrir. Il faut qu'elle se débarrasse d'une quinzaine de livres pour ce rôle-là. Chicago, ce n'est pas la province. Goldie est une très bonne comédienne.

— Je ne sais pas trop, Billy, fit Abilene avec un soupir. Je crois que je ferais mieux de remonter dans la chambre et de lire la pièce jusqu'au bout.

— C'est ça ! approuva Billy. Mais laissez-moi d'abord vous raconter l'histoire en gros. Cette fille, Nan, jeune et charmante enfant du Far West, est la fiancée d'un brave jeune homme, genre ingénieur des mines. Il est parti prospecter, et on apporte la nouvelle que les Indiens l'ont tué. Nan est accablée de douleur et elle cherche la consolation auprès de son père, un homme droit et intègre qui représente tout-ce-qu'il-y-a-de-plus-méritant-dans-l'ouest. Entre parenthèses, c'est moi qui tiendrai le rôle. Puis elle se tourne ensuite vers le contremaître de son père, un homme droit et intègre qui... enfin... Il s'appelle Buckskin Frank. C'est vous, Abilene.

— Alors, il faut changer le nom, s'écria Abilene. J'ai connu un nommé Buckskin Frank, c'était le pire ivrogne que j'aie jamais vu. Je ne sais plus combien de fois il a pu se tirer une balle dans la jambe ou dans le pied, par mégarde, quand il avait trop bu !... Il...

— Okay, okay ! fit Billy d'une voix conciliante. On l'appellera autrement. Mais ce Buckskin — je me sers encore de ce nom pour plus de commodité — c'est un personnage assez mystérieux. Un type qui va par monts et par vaux, qui s'amène et s'en va ; un gars libre que rien ne retient.

— Bon ! approuva Abilene avec un hochement de tête énergique.

— Bref, il tombe amoureux de la ravissante Nan et sous le coup de l'émotion, elle accepte de l'épouser. La date du mariage est fixée et le père est heureux. Mais il y a un type nommé Red Carnahan qui travaille dans le ranch, et celui-là, c'est un mauvais garçon. Une vraie gale. En réalité, c'est un hors-la-loi qui se cache, mais il fait celui qui est pour l'ordre et la justice. Lui, il n'aime pas Buckskin : il le hait. Aussi, quand il apprend que Buckskin va se marier avec la fille de son patron, Red se dit à lui-même : « Je vais lui faire la peau, moi, à cet homme-là ! » Puis arrive le jour du mariage. Ça, c'est la scène d'ouverture, et il y en a neuf, de scènes ! Avec Red qui fait semblant d'être l'ami de Buckskin, etc. Maintenant, c'est la cérémonie du mariage qui se déroule derrière le rideau de fond, vous comprenez, c'est-à-dire derrière la scène. Et juste à ce moment-là, qui est-ce qui fait son entrée ? L'ingénieur des mines, mon vieux ! Bien vivant ! Les rumeurs de sa mort, comme disait Mark Twain, étaient quelque peu exagérées.

— Ça alors ! fit Abilene, impressionné.

— Mais oui, mon cher ! Sur quoi le père sort pour avoir un entretien avec l'ingénieur des mines — Ballard qu'il s'appelle. Et, le cœur déchiré, le père dit à Ballard qu'il faut qu'il retourne dans le désert — là, vous verrez les réactions de la salle ! Nan ne doit jamais savoir ! Elle est justement en train de dire oui à l'autre, et cette sorte de résurrection la tuerait. Le seul malheur, c'est que Red Carnahan a tout entendu, et que, maintenant, il les tient en son pouvoir. Rideau ! Fin de l'acte, avec les échos joyeux de la noce derrière la scène. Le pauvre Ballard s'en va pour retourner dans le désert. Et Red Carnahan ricane triomphalement. Qu'est-ce que vous en dites, hein ?

Abilene hocha plusieurs fois la tête.

— Ça n'a pas l'air mal. A part une chose : c'est que je ne me vois pas très bien jouer les amoureux.

— Vous n'aurez pas besoin de jouer les amoureux, pas une seule fois ! J'ai écrit cette pièce en pensant à tout ! A la fin, vous la prenez dans vos bras, et c'est tout !

Soudain, Billy se leva d'un bond en poussant une exclamation qui fit sursauter Abilene.

— J'ai trouvé, s'écria Billy. On n'a qu'à vous appeler Abilene ! Abilene joué par lui-même ! Formidable ! Laszlo sera absolument ravi de ça.

— Eh bien, fit Abilene, c'est toujours mieux que Buckskin. Si vous l'aviez connu ce type-là ! (Abilene secoua la tête en y pensant.) Quel numéro !

— Au fait, dit Billy avec précipitation, si vous alliez lire le reste de la pièce, on en discutera après. Il faut que je prenne contact avec Doggy Wilson et M. Laszlo. Plus je pense à mon idée, plus je la trouve formidable ! Il y a des fois où Billy Weedon se surpasse lui-même !

Par la suite, Billy dit à Doggy Wilson.

— Ces comédiens, quand même ! Il n'a jamais mis le pied sur les planches, et le voilà déjà qui me dit comment écrire une pièce !

— Ils sont tous pareils, fit Doggy. Dis donc, ce n'est vraiment pas mal ton idée. Ça m'étonne que je n'y aie pas pensé moi-même. Remarque que je l'aurais sûrement fait. Tu m'as tout juste devancé.

CHAPITRE X

Ce soir-là, Abilene et Marie dînèrent au restaurant de l'hôtel. Marie avait renouvelé sa garde-robe : elle portait une nouvelle toilette, et Abilene ne cessait de la regarder avec admiration.

— S'il y a une plus jolie femme que toi au monde, Marie, dit-il, j'aimerais bien la voir.

— Tu n'as pas vu grand-chose, répondit Marie en riant.

Mais elle semblait satisfaite.

Marie se sentait vaguement heureuse, ce qui était, pour elle, inhabituel ; et ce sentiment bizarre et assez confus dura jusqu'au moment où elle aperçut un homme et une femme installés à une table, non loin d'eux, et qui fixaient la chevelure d'Abilene, en chuchotant et ricanant. Elle rougit légèrement et serra les lèvres. Il fallait que cette chevelure disparaisse ! Qu'il choisisse entre elle et ses cheveux ! Bon Dieu ! c'était vraiment trop humiliant de se balader avec un phénomène de fête foraine ; du reste, cela n'avait aucun sens. Dans la pièce qu'ils allaient jouer, une perruque ferait aussi bien l'affaire pour la scène.

Après un moment, Abilene se mit à raconter à Marie le projet de Billy Weedon d'écrire une grande pièce sur la princesse Pottawattomie.

— Et c'est toi qui vas jouer le grand rôle de la princesse, ajouta-t-il.

Marie le regarda avec pitié.

— Link, si tu cessais d'être aussi naïf ! Ne crois donc pas tout ce qu'on raconte. Tout ça, ce n'est que des paroles en l'air. C'est son genre, à Billy. Demain, il ne s'en souviendra même plus.

— Je crois que tu te trompes.

— On verra bien. Finis de manger ! Je veux lire la pièce ce soir.

Quand Marie termina la lecture de la pièce, Abilene ronflait, allongé tout habillé sur le lit. Elle laissa tomber le manuscrit sur le plancher.

— Ouf ! fit-elle en bâillant. Ce n'est ni plus ni moins que *Greta, fille des montagnes,* avec quelques coups de revolver en plus. Enfin, tout compte fait, ce n'est quand même pas tout à fait aussi horrible que je l'aurais cru.

Pour Abilene, la vie se transformait à présent en un cauchemar sans fin. Les répétitions ! Tous les membres de la Troupe, lui compris, sautaient des lignes de texte, oubliaient de donner la réplique, se trouvaient dehors, en train de fumer, quand ils auraient dû être en train de jouer, ou bien se mettaient dans les jambes de tout le monde, quand ils auraient pu être dehors, à fumer. Billy s'époumonait à gueuler, et Marie s'effondrait dans un coin, malade de rire. Buster Leonard bousilla complètement le rôle de Red Carnahan, on le remplaça par Gila Joe, qui était pire encore, bien que beaucoup plus drôle ! Finalement, le rôle de Red Carnahan fut confié à l'acteur « dramatique », un type nommé Fingal Fergusson, qui avait été embauché pour jouer le rôle de

Ballard ; de sorte que ce fut Buster qui devint Ezra Ballard, ingénieur des mines.

— Ce rôle-là, n'importe qui pourrait le faire ! s'écria Buster, vexé de son premier fiasco.

— Tant mieux ! L'autre, tu te l'étais plutôt mis quelque part ! répliqua Marie au milieu de l'hilarité générale.

Un rôle effacé avait été confié à Marie. Elle jouait une Indienne assez sinistre, servante au ranch, et de mèche avec Red Carnahan. Ses répliques se bornaient à quelques « Oui, monsieur », « Oui, Miss », « Moi aller voir » et « Moi guetter ». Le rôle l'assommait à tel point qu'il lui arrivait, au cours des répétitions, de varier ses répliques par des « Wouï, grand boss manitou » ou « Oui, Miss Tigri » et même des fois « Moi beaucoup reluquer ». Billy ne tolérait pas qu'on massacre ainsi son œuvre, et il entrait dans des rages folles. Dépité par son échec dans le rôle de Red Carnahan — un des personnages principaux — Buster encourageait Marie à continuer, et il sabotait lui aussi son rôle au point que M. Ezra Ballard faisait plus penser à un clochard qui vient d'être expulsé d'un saloon qu'à un ingénieur des mines.

Pour M. Laszlo, tout cela n'avait pas grande importance puisque, de toute façon, il ne comprenait pas la moitié des répliques. Et Billy Weedon gardait tout de même le sens de l'humour, et entre deux accès de rage, il lui arrivait d'éclater de rire. Goldie, par contre, prenait tout cela très au sérieux. Comme elle l'avait promis, elle s'était fait maigrir de quinze livres pour jouer son rôle, et elle sortait de l'épreuve affaiblie et nerveuse. Elle savait ses répliques sur le bout des doigts, et la pagaille qui régnait autour d'elle la mettait dans une telle fureur qu'il fallait sans cesse lui agiter un flacon de sels sous le nez : Arlene, qui savait elle aussi son rôle par cœur — elle n'y avait pas grand mérite, il tenait en trois répliques — et qui était toujours aussi dévouée, passait le plus clair de son temps à calmer et soigner Goldie.

Comme l'avait prédit Marie, tout cela était un massacre.

Pourtant, la pièce, peu à peu, prenait forme. Mais dire qu'elle était bonne, ou même passable, aurait été nettement exagéré. Même les meilleurs acteurs du monde n'auraient pu faire de cette pièce un chef-d'œuvre. Et avec la troupe dont disposait Billy Weedon !...

Abilene, en jeune premier, était impossible. Il commençait à savoir ses répliques et les débitait avec un certain aplomb, mais il montrait à peu près autant de sentiment qu'une planche à repasser ; ses gestes ne s'accordaient jamais avec ses répliques, ses entrées et ses sorties étaient régulièrement ratées, et il n'arrivait même pas à avoir une démarche naturelle pour traverser la scène. Dans son rôle de la jeune Nan, Goldie était parfaitement ridicule ! Elle s'entêtait à vouloir jouer ce personnage avec un soi-disant accent du Far West. On aurait juré qu'elle était enrhumée, disait Buster Leonard ! Sa cure d'amaigrissement avait été une erreur. Elle avait maintenant les joues flasques et paraissait dix ans de plus que son âge. Buster Leonard était grotesque dans le rôle du « romanesque » ingénieur des mines qui s'en retourne au désert pour que sa bien-aimée le croie toujours mort et puisse, ainsi, vivre heureuse. Il n'avait pas la moindre idée de la manière de s'y prendre pour jouer ce noble cœur brisé. Par pur instinct, son naturel lui refusait de prendre au sérieux ce rôle larmoyant, et il le jouait en comique, en dépit de toutes les engueulades de Billy Weedon.

Quant à M. Fingal Fergusson, malgré son chapeau de cow-boy, ses éperons, ses revolvers à six coups et son air bravache, on aurait dit un mélancolique Paillasse interprété par une voix creuse de tragédie shakespearienne. Il roulait les « r » et avait des gestes à flanquer le décor par terre dans des passages tels que celui-ci : « Je l'écraserai, cette vermine. Je vais le faire déguerpir. Je le ferai chasser du ranch. Garde l'œil sur lui, fille indienne. Tu me raconteras tout ce qu'il fait ! »

Sur quoi Marie répondait souvent :

« Wouï, grand boss manitou. Moi reluquer beaucoup. »

Une seule lueur, dans tout cela : un soir, Dry Gulch déclara, au milieu du vacarme général :

— Si j'avais une guitare, je pourrais jouer et chanter au premier acte. Vous savez, quand il y a la scène du mariage, ça ferait plus gai !

Les autres ne voulurent tenir aucun compte de cette proposition, jusqu'à ce qu'un machiniste, qui traînait dans les coulisses en se tenant les côtes de rire, déniche une guitare et la fourre d'autorité dans les mains de Dry Gulch, en disant :

— Allez-y ! Peut-être que, vous, vous avez un peu de talent. Ça ne ferait pas de mal à cette troupe, elle en a drôlement besoin !

Profitant d'un moment de calme, Dry Gulch se mit à jouer et à chanter. Il avait une voix de ténor si haut perchée que Gila Joe rappliqua pour lui demander :

— Dis donc, Dry Gulch ! Tu n'as pas eu un accident, quand t'étais môme ?

Mais tout à sa guitare, Dry Gulch n'y fit pas attention.

Les autres consentirent enfin à l'écouter et à la fin on l'applaudit bruyamment.

— Formidable ! Prodigieux ! cria Billy. Une trouvaille ! Dry Gulch, je vous ferai chanter deux airs au premier acte. Ça, c'est du vrai Far West !

Ce soir-là, au dîner, Abilene demanda à Marie :

— Alors, qu'est-ce que tu en penses ?

— Ce que j'en pense ? Je pense que Billy Weedon est complètement fou ! S'il monte cette pièce, on va tous recevoir des tomates !

— Bah ! Les tomates, c'est mou, fit Abilene en riant.

— Quant à Laszlo, je ne comprends pas comment il peut laisser aller les choses comme ça. Evidemment, il ne peut pas se rendre compte. Il ne doit rien comprendre à ce qui se dit. Quand je pense à ce type, Fergusson ! Et on dit qu'il a joué Shakespeare à New York ! Ça doit être dans *Beaucoup de bruit pour rien !*

— Toi, tu trouves toujours que tout le monde joue mal, Marie, fit Abilene avec insouciance.

— Bon, d'accord, je suis une mauvaise langue. Et je ne suis pas une grande comédienne. Je ne me fais pas d'illusions, tu sais. Mais cette fois, si on tient deux séances, je veux bien être pendue...

C'est alors que Billy Weedon fit irruption dans la chambre, tout bouillant d'excitation.

— Marie ! Mes enfants ! On a le Regal Theatre. On commence vendredi en huit.

— Le Regal ! s'exclama Marie. Bon Dieu, Billy ! C'est une des salles les plus grandes de la ville. Même si tu paies les gens pour venir, tu ne pourras pas la remplir !

— Ils font relâche depuis un bon bout de temps. M. Laszlo l'a eue pour trois fois rien.

— Il n'a peut-être pas fait une si bonne affaire que ça ! prophétisa Marie.

— Allons, du nerf ! Du nerf ! s'écria Billy.

Puis il repartit avec la même précipitation qu'il était arrivé.

Doggy Wilson réussit à passer des pages de publicité où les exploits d'Abilene et de ses compagnons Dry Gulch et Gila Joe étaient abondamment relatés, et le soir de la première, la grande salle lugubre du vieux Regal était pleine à craquer.

Marie en fut stupéfaite. Elle allait et venait comme abasourdie, parlant toute seule en hochant la tête.

Enfin, le rideau se leva sur une salle comble, toute vibrante de présence, malgré l'obscurité. On entendait des toussotements et des chuchotements, puis le froissement des programmes et le claquement des sièges des retardataires. Du foyer parvenait un brouhaha qui fut brusquement interrompu par la fermeture des portes. Enfin, le spectacle commença.

Au début, le public se montra plutôt réservé, l'air de dire « montrez toujours ce que vous savez faire. » Mais avec l'entrée en scène d'Abilene, les gens commençèrent à se dégeler ; son apparition stupéfiante fut accueillie par des exclamations admiratives et une salve d'applaudissements.

Mais c'était trop beau pour durer. Goldie et Arlene, d'abord, puis Buster Leonard pour finir, changèrent le destin de cette soirée.

D'abord Arlene, dans le rôle de « l'amie et confidente de Nan » portait une robe à paniers dont la jupe, d'une ampleur vraiment exagérée, provoqua des rires étouffés. Arlene se déplaçait toujours à très petits pas ; c'était sa façon de marcher, elle n'y pouvait rien. Mais dans cette énorme jupe à paniers sous laquelle disparaissaient ses pieds, elle avait l'air de glisser sur des roulettes. Les gars du poulailler se mirent à rigoler, et à échanger des réflexions.

Puis ce fut le tour de Goldie. En plus de son air famélique et ratatiné, elle avait un trac fou, et elle jouait le rôle de Nan comme si cette pauvre fiancée du ranch était une fillette de quatorze ans, à moitié demeurée d'avoir été tenue enfermée dans une cave depuis des années. Tout l'étonnait, la frappait d'ébahissement ; le coucher du soleil, les chevaux, et même son propre père, son « p'tit papa ! ». Elle zézayait, se trémoussait et pirouettait sur la scène, en faisant tournoyer les franges de sa jupe en peau de daim, ce qui découvrait fâcheusement les jambes amaigries qui avaient l'air de nager dans ses bottes de cow-boy.

A la fin, une voix de poivrot tomba du poulailler :

— Hé, retourne à la fête foraine, mémère !

Ce qui déclencha une vague d'hilarité.

Goldie était une vraie catastrophe, et Marie put se dire, non sans une certaine satisfaction : « C'est bien moi qui avais raison, en fin de compte. »

Dry Gulch sauva momentanément la situation, avec quelques authentiques chansons du Far West qu'il accompagna en grattant énergiquement sa guitare.

Les acclamations fusèrent du poulailler, et on entendit scander : « Bravo, l'Ancien ! Bravo ! Encore ! Nous voulons l'Ancien ! Des chansons, des chansons ! »

Mais c'était au tour de Goldie et d'Arlene d'entrer en scène. Pour Goldie, c'était la seconde entrée et, après l'accueil hostile de tout à l'heure, son trac n'avait fait qu'augmenter ; non seulement elle commit les mêmes erreurs, mais elle les multiplia. Elle ne cessait de voltiger d'un bout à l'autre de la scène, suivie d'Arlene qui avait tout l'air d'être montée sur roulettes. Le poulailler se déchaîna, et deux agents de police durent monter pour calmer les gars ; ce qu'ils firent en tapant à grands coups de matraques sur le rebord de la galerie, sans autre résultat que d'ajouter encore au vacarme.

Quand Abilene fit son apparition, pour jouer une courte scène avec Goldie (pendant qu'Arlene, la confidente, minaudait dans le fond), le public se calma et l'écouta même avec déférence débiter ses répliques à toute vitesse d'une voix monotone. Pourtant, une certaine effervescence régnait toujours dans la salle, des fauteuils d'orchestre aux galeries, et la sortie de Goldie, qui disparut en se trémoussant pour « faire ses préparatifs de mariage », fut saluée par un triple ban moqueur ponctué de cris d'animaux et de coups de sifflet.

Abilene amusa les spectateurs en roulant une cigarette à une vitesse éclair, cependant qu'un Gila Joe terrorisé dans le rôle du valet de ferme, annonçait, en butant sur les mots, quelques lignes insignifiantes d'un texte qui se voulait comique ; sur quoi Dry Gulch galvanisa l'assistance en gueulant quelques répliques de sa voix haut perchée.

— Bravo ! l'Ancien ! hurla le poulailler. Tu les enfonces tous, pépère !

Avec la scène suivante commença la débâcle. Elle avait pour protagonistes Nan, en robe de mariée, et son « vénérable père », Old Joe. C'était une des scènes préférées de Billy. La nuit descendait, derrière le ranch, sur le désert embrasé par un coucher de soleil resplendissant de toute la gamme possible des rouges. Billy interprétait le vieux Joe en faisant de puissants effets de torse, sans cesser pour autant de courber les épaules : un véritable tour de force, même Buster le reconnaissait. Il s'égosillait, déclamant par moments à pleins poumons à travers sa moustache, et on l'entendait alors jusqu'au dernier rang du poulailler, puis à d'autres moments, baissant la voix, au point que les premiers rangs des fauteuils ne saisissaient pas un mot. Goldie, dans sa robe de mariée, jouait cette scène comme une vierge terrifiée, comme un agneau promis au sacrifice. Pour comble, ce passage était beaucoup trop long et fourmillait de répétitions.

A partir de là les spectateurs se mirent à trépigner et à siffler, si bien qu'à la fin, n'y tenant plus, Goldie s'enfuit en versant de vraies larmes, poursuivie par les huées et les coups de sifflet.

La célébration du mariage se déroulait dans les coulisses. Derrière Billy, qui se tenait planté sur la véranda dans une pose avantageuse, le regard perdu au loin vers le soleil couchant, on entendait monter les gémissements comiques d'un vieil harmonium à pédales asthmatique.

C'est à ce moment que Buster entrait en scène. Ce fut la goutte qui fait déborder le vase. Buster était si mauvais, dans le rôle du romanesque ingénieur des mines qui se sacrifie en galant homme pour le bonheur de sa bien-aimée, que c'en était grotesque.

Enfin, le rideau tomba dans un tohu-bohu indescriptible et une ambiance d'émeute. Le show était un désastre, tout le monde s'en rendait compte, sauf Billy, qui se démenait, courant de l'un à l'autre, pour noter des coupures dans le texte et des retouches à apporter aux costumes, en proclamant :

— C'est un peu inégal ! Mais on va arranger ça !

Durant le troisième acte, seule la présence d'une demi-douzaine d'agents de police irlandais empêcha un véritable carnage d'éclater, avec démolition de sièges et tout ce qui s'ensuit.

Quand le rideau tomba enfin sur la dernière ligne de la prose fleurie de Billy Weedon, les acteurs eurent l'impression qu'il venait de s'écouler au moins cent ans.

La presse acheva d'éreinter ce chef-d'œuvre, un journal allant même jusqu'à le qualifier d'escroquerie. Un des critiques eut pourtant quelques mots aimables pour Dry Gulch et Abilene. Un autre se demandait, en parlant d'Abilene, ce qui avait bien pu le pousser à devenir acteur ? « Que ne retourne-t-il dans son Far West natal ! Cela faisait de la peine de le voir participer à cette mauvaise action. »

Les larmes aux yeux, M. Laszlo réussit finalement à convaincre Billy, absolument sidéré, de fermer boutique sur-le-champ et de rembourser l'avance de fonds qu'il avait consentie.

Goldie s'était alitée dans sa chambre d'hôtel et Arlene la soignait avec la compétence d'une infirmière diplômée.

Buster Leonard haussait les épaules d'un air blasé. Il en avait vu d'autres, et ce n'était probablement pas le dernier four qu'il essuierait dans sa carrière.

— Pourquoi si colère, si ragé le public ? ne cessait de demander M. Laszlo. Pièce est mauvais, *all right !* Mais pourquoi furieux ? Le public aimer pas Far West ? *All right !* Mais pourquoi colère, si ragé ? Ecroulé dans son fauteuil, il secouait la tête sans comprendre.

Marie ne fit même pas remarquer : « Je l'avais bien dit ! » L'étendue du désastre l'épouvantait. Elle s'était attendue à un four, mais tout de même, pas à ce point-là !

Elle dit à Abilene, qui était assis sur le lit, en train d'allumer tranquillement une cigarette :

— Eh bien, la première chose qu'on va faire, c'est de fiche le camp de cet hôtel.

— Pourquoi ?

— C'est trop cher, ici. Je connais un endroit, près du North Side, où on trouvera quelque chose à louer pour presque rien. Aide-moi à faire les bagages.

— Et qu'est-ce qu'on va faire, à présent ? demanda Abilene avec sérénité.

— Je ne sais pas ce que tu vas faire, toi, mais, moi, en tout cas, je vais me chercher un job sans attendre.

Leurs bagages terminés, Abilene s'apprêtait à descendre pour payer la note et quitter l'hôtel quand Billy Weedon fit son apparition.

— Est-ce que je pourrais vous parler un instant, à tous les deux, mes enfants ? dit-il. (Puis il jeta un coup d'œil à la chambre.) Quoi, vous déménagez ?

Marie fit oui de la tête.

— Mais pourquoi ? s'écria Billy. Vous êtes riches, vous deux !

— Et on a l'intention de le rester, riposta sèchement Marie.

Le regard de Billy allait de l'un à l'autre.

— Ça alors... ! Un petit échec, et tu rentres dans ta coquille ! Tu ne réussiras jamais si tu te laisses démonter comme ça.

— Parce que, toi, tu t'y connais, pour réussir, Billy ? dit Marie.

Ces simples mots eurent raison de Billy. Il se laissa tomber dans un fauteuil, se cacha le visage dans les mains et fondit en larmes.

— Je suis ruiné ! Ruiné ! sanglota-t-il.

Cette fois, Marie se rendait bien compte qu'il ne jouait pas la comédie.

Abilene, horriblement gêné de voir Billy dans cet état, lui versa un grand verre de whisky pur qu'il lui tendit sans rien dire. Billy le but d'un trait, en exprimant sa reconnaissance d'une voix pleine de désespoir.

— Merci, Abilene ! Merci !

Un instant plus tard, Billy leva les yeux vers Marie.

— Ecoutez, il faut que vous m'aidiez. Je suis dans un pétrin terrible. Je risque même d'aller en prison. Laszlo n'est pas homme à faire du sentiment.

— En quoi on peut vous aider ? demanda Abilene.

Marie lui jeta un regard exaspéré.

— Je n'ai plus un radis, et je suis endetté jusqu'au cou, gémit Billy. J'ai signé des traites. J'ai fait des promesses. Je dois à tout le monde. Je ne peux m'adresser à personne en dehors de vous, Abilene, et de toi, Marie, ma vieille amie depuis tant d'années.

— Tu n'auras rien de nous, Billy, cria Marie. Pour que ça te file entre les doigts comme tout cet argent que tu avais ramassé à Alkali !

— Attends un peu, tout de même, Marie, fit lentement Abilene.

— Je n'attends rien du tout. Ne t'occupe pas de ça, toi. Je le connais, moi, le Billy Weedon. Pas toi !

— Sacrée chipie ! siffla Billy entre les dents, comme se parlant à lui-même ; puis il se précipita hors de la chambre en claquant la porte derrière lui.

— Billy, attendez une minute ! appela Abilene en s'élançant à sa suite.

Mais Marie l'attrapa par le bras et le retint fermement.

— Ecoute-moi, Link ! Laisse-le partir. Il trouvera bien de l'argent quelque part. Il en trouve toujours !

— Mais, c'est mon argent à la fin, Bon Dieu,

explosa Abilene. J'ai le droit de faire ce que je veux avec !

Marie se recula brusquement, le visage blême.

— Okay ! Fais ce que tu veux avec ! Je ferai le nécessaire pour qu'on le mette à ton nom. Mais je te jure que si tu y touches, je te quitte. Et tu ne me reverras jamais.

Abilene la regarda, les yeux écarquillés, puis il revint s'asseoir sur le bord du lit, vaincu et abasourdi. Marie alla à la fenêtre, et regarda dehors.

Après un long silence, Marie s'approcha d'Abilene et se glissa entre ses genoux où elle demeura debout, penchée sur lui, en pressant doucement ses seins contre lui. Puis elle lui embrassa les cheveux.

— Tu veux que j'aille te chercher cet argent, Link ?

— Non, répondit Abilene. Pas si tu le prends comme ça.

Marie lui embrassa l'oreille.

— Une dernière fois, avant de partir d'ici, Link, tu veux ?

— Oui ! répondit Abilene.

Ils se relevèrent une heure plus tard et s'habillèrent pour quitter l'hôtel. Abilene était songeur. Marie l'observait, perplexe. A la fin, elle lui demanda :

— Qu'est-ce qu'il y a, Link ?

— C'est Billy... ça m'ennuie. Il s'était donné tellement de mal pour nous amener de là-bas, nous autres, et pour écrire cette pièce.

— Link ! Mais c'était uniquement parce qu'il pensait gagner de l'argent sur toi. Ne sois donc pas si naïf. Il t'a bien signé une garantie pour deux semaines de cachets, hein ! Tu l'as entendu parler de te payer ?

Ils allaient partir quand ils entendirent frapper légèrement à la porte. C'était Gila Joe et Dry Gulch.

— Entrez, entrez ! s'écria Abilene, ravi de les voir. Qu'est-ce qui vous amène ?

— On est montés vous dire adieu, dit Gila Joe. On a trouvé une occasion de retourner chez nous et on ne va pas la laisser passer.

— Mais on n'arrive pas à mettre la main sur ce sacré Billy Weedon, fit Dry Gulch. Il nous doit une semaine de salaire. Mais on s'en fout !

Marie toucha le bras d'Abilene.

— Tu vois !

— Cette pièce l'a mis à sec, expliqua Abilene.

— Oh ! nous, au fond, on s'en tape ! dit Gila Joe. Mais si on avait pu toucher ce pèze, ça aurait toujours été ça de gagné. Il y a un type en bas, dans le hall, qui nous a donné un filon quand il a su qu'on cherchait un moyen de retourner dans l'Ouest. Alors, on est allés voir au parc à bétail. Tu parles d'un corral ! C'est immense ! Le type nous a emmenés voir les gars de Kansas City qui conduisent le troupeau. Il y en a qui viennent tout droit du Texas. Tu parles, on a arrangé notre voyage de retour en cinq sec. On était justement tombés sur un vieux dur à cuire que j'ai connu dans le temps. Un type qui s'appelle Black et qui est cousin avec John Wesley Hardin, en tout cas c'est ce qu'il dit. On va voyager en fourgon ; ça ne nous coûtera rien du tout, juste la croûte. Et une fois qu'on sera au Texas, t'en fais pas ! on trouvera bien le moyen d'arriver chez nous. Mais maintenant, faut qu'on se grouille.

— Oui, dit Dry Gulch. Bien sûr, toi, Abilene, marié comme te v'là avec une dame d'ici, tu restes. Mais quand même, des fois je regrette qu'ils aient fermé le théâtre. J'avais jamais tant rigolé de ma vie.

— Eh bien, fit Abilene, ça me fait de la peine de vous voir partir, vous autres. Mais vous avez raison, c'est la seule chose à faire. Si vous avez trouvé un moyen de repartir là-bas, faut sauter dessus. Vous avez besoin d'un peu d'argent ?

— Merde, non ! On en a plein, dit Gila Joe. Plus qu'il nous en faut.

— Moi, j'en ai un paquet, fit Dry Gulch. Pardi, j'ai presque pas dépensé un *cent* depuis qu'on est revenus de Tucson.

Ils se mirent tous à rire.

— Bon, fit Abilene, on va vider un verre avant votre départ. Et toi, Marie ?

— Bien sûr ! répondit Marie.

Abilene remplit les gobelets de whisky pur et leva le sien.

— Eh bien, les gars, je bois à votre santé. Bon voyage, et tâchez d'arriver sains et saufs !

Gila Joe leva à son tour son gobelet.

— Et moi, je bois à la santé du meilleur gars qu'on ait jamais vu dans l'Ouest et de la plus belle dame !

Sur quoi, Dry Gulch et Gila Joe vidèrent leurs gobelets.

Marie scruta furtivement le visage de Gila Joe. La façon dont il avait mis l'accent sur « belle » semblait pleine de sous-entendus. Mais il lui rendit son regard sans broncher.

A mesure qu'approchait le moment de se séparer, les trois amis avaient l'air de plus en plus mal à l'aise. Ils restaient debout en remuant les pieds et à se regarder en silence. Ils commençaient à énerver Marie qui pensait : « Si vous devez vous en aller, fichez le camp, Bon Dieu ! »

Enfin, Gila Joe et Dry Gulch serrèrent la main

d'Abilene, en se dandinant, les yeux fixés sur le bout de leurs bottes.

— Bon... fit Dry Gulch en sortant une carotte de tabac dont il coupa, avec ses dents, un morceau qu'il se mit à mâcher.

— Bon... fit à son tour Gila Joe en jetant un coup d'œil dans le couloir, pour voir si les valises y étaient toujours.

— Bon... répéta Abilene.

Puis Gila Joe et Dry Gulch sortirent en fermant lentement la porte derrière eux.

— Dépêche-toi, Link, appela Marie. Boucle-moi la courroie de cette valise. On va s'installer dans le garni avant d'aller dîner.

Abilene hocha la tête et, sans un mot ni un regard pour Marie, il se mit avec beaucoup de zèle à boucler la valise.

— Tu voudrais bien partir aussi ? demanda Marie.

— Partir où ?

— Tu sais bien où.

— Si j'étais libre.

— Tu es libre, si tu le veux !

Abilene se retourna, et la regarda dans les yeux.

— Ça, c'est bougrement gentil de ta part, Marie, dit-il. Tu peux dire que tu me fais bien plaisir ! Allez, maintenant on est prêts.

Ils sortirent de la chambre en silence.

CHAPITRE XI

La neige tombait quand ils sortirent du petit restaurant pour regagner leur garni. Marie était blême de rage, et elle avait sa bouche pincée des mauvais jours ; mais Abilene ne le remarqua pas. Il regardait les gros flocons voleter, comme du duvet, dans le halo des lampadaires.

Il voulut prendre le bras de Marie pour traverser un carrefour, mais elle se dégagea d'un geste brusque.

— Laisse-moi tranquille ! dit-elle durement.

Abilene tourna la tête vers elle.

— Mais qu'est-ce que tu as, Marie ?

— Il y a que j'en ai marre de me balader partout avec un phénomène ambulant, c'est tout ! Tu n'as pas entendu ce qu'il a dit, le type, au restaurant ? Tu n'as pas vu les gens se moquer de nous ? Je ne peux plus supporter ça !

Abilene eut un léger mouvement de recul.

— Des fois, j'ai l'impression que tu t'imagines des choses, Marie. Je n'ai rien remarqué de particulier.

— Tu ne remarques jamais rien. Peut-être que si tu te faisais couper cette tignasse, tu pourrais trouver du boulot. Qu'est-ce que tu as l'intention de faire ? Rester couché toute ta vie chez nous, à te tourner les pouces ?

Abilene rougit violemment.

— J'ai essayé de trouver un job, Marie. Tu le sais bien.

Ils passèrent sous un lampadaire. Un couple se retourna sur eux pour les regarder. Ils entendirent une voix féminine pousser une exclamation de surprise, puis éclater d'un rire étouffé et moqueur. Marie se mit à courir. Abilene dut allonger le pas pour la rattraper.

— Cette fois, au moins, tu as entendu, non ! cria-t-elle en saisissant le bras d'Abilene pour le secouer. Oh ! j'en ai marre, Link ! Marre, marre, marre !

Elle le lâcha, tourna les talons, et se précipita dans l'entrée du meublé dont elle monta l'escalier quatre à quatre. Aussitôt entrée dans leur logement, elle alla s'enfermer dans la salle de bains.

Avec un profond soupir, Abilene monta lentement l'escalier derrière elle.

— Eh bien, vous parlez d'un boulot ! fit le coiffeur en nouant la serviette autour du cou d'Abilene. D'où venez-vous, mon vieux ? De la chasse à l'ours, au pôle Nord ?

Un hennissement général accueillit cette plaisanterie dans le vaste salon de coiffure. Abilene ne répondit pas.

— Rudement dommage que cette chevelure n'appartienne pas à une belle poulette, poursuivit le Figaro, tout en s'y attaquant à grands coups de ciseaux. Elle aurait un de ces succès ! Mais c'est toujours comme ça dans la vie. On a souvent quelque chose qui ne vous va pas, à vous, mais qui irait à quelqu'un d'autre qui a autre chose qui, à vous, vous irait.

— Ça ne vous ferait rien de répéter ça un peu plus

lentement ? demanda le client assis dans le fauteuil voisin.

Les autres clients s'esclaffèrent. Le barbier qui s'occupait d'Abilene était l'un des plus jacasseurs de la ville, et sans doute l'un des plus grands bavards de l'Histoire ancienne et moderne.

Il répéta mot à mot ce qu'il venait de dire, et entreprit d'y apporter des améliorations.

— Ma parole, il y est arrivé ! s'exclama l'occupant du fauteuil voisin d'Abilene.

— Ernie, vous devriez vous lancer dans la politique. Les électeurs s'y perdraient, dans vos discours, et vous finiriez peut-être par devenir gouverneur.

— Là, vous n'avez peut-être pas tort, monsieur Hamilton, fit le barbier d'Abilene. Question bagout, je ne crains personne !

Les rires et les plaisanteries continuèrent de fuser, le barbier ne manquant jamais de renvoyer la balle. Abilene entendait à peine ce qui se disait autour de lui. Assis dans son fauteuil, les yeux baissés, il regardait les longues mèches blondes, épaisses et ondulées, glisser sur la serviette et se répandre sur le sol, tandis que le barbier continuait à jouer du ciseau sans cesser de jacasser.

Environ une semaine plus tard, Buster Leonard entra en coup de vent dans le hall de l'hôtel, et aborda immédiatement le préposé à la réception.

— Est-ce qu'Abilene et sa bourgeoise sont toujours là ?

— Non, monsieur Leonard, répondit l'employé. Ils ont déménagé tout de suite après le fiasco de la pièce.

— Ils ont laissé une adresse ?

— Non. Mais je sais qu'ils sont allés s'installer dans un meublé au nord, pas loin d'ici.

— Je crois que je vois où c'est, fit Buster. Merci beaucoup.

Reprenant courage, Buster sortit. Un vent glacial soufflait du lac, et une neige fine cinglait les passants, par rafales. Maudissant le mauvais temps, Buster s'engouffra dans une des voitures de place stationnées devant l'hôtel en criant une adresse au cocher qui, tassé sur son siège, la tête abritée par un chapeau cabossé, se pelotonnait dans un vieux poncho en caoutchouc. Une buée se dégageait de la croupe du cheval tandis qu'ils cheminaient sur les pavés mouillés et luisants.

Quand il frappa à la porte, ce fut Marie qui vint ouvrir, vêtue d'un kimono à fleurs sous lequel, de toute évidence, elle ne portait rien. Dans un coin, un poêle à charbon presque chauffé au rouge répandait une chaleur suffocante. Buster aperçut, près de la fenêtre, un homme affalé dans un fauteuil ; quand Marie eut refermé la porte derrière lui, il dit :

— Bonjour, Marie ! Abilene n'est pas là ?

— Juste devant ton nez, répondit-elle.

Buster eut un brusque haut-le-corps. Le type dans le fauteuil était bien Abilene. Mais il avait les cheveux coupés court et portait un complet foncé, comme n'importe quel citoyen de Chicago. Buster en restait sans voix. Abilene se redressa lentement dans son fauteuil, et se mit debout pour lui serrer la main. Buster le dévisageait, sans dissimuler sa stupéfaction.

— Mais, qu'est-ce que ça veut dire ? s'écria-t-il.

— Eh bien, répondit lentement Abilene en reprenant place dans son fauteuil, puisque je suis d'ici, maintenant, j'ai trouvé qu'il valait mieux que je me fasse couper les cheveux.

« Mais il est affreux ! songea Buster. Bon Dieu ! comme ça le change ! » Abilene avait une tête longue, étroite, en forme de pain de sucre, et son cou paraissait maigre et d'une longueur démesurée. De plus, ses cheveux s'étaient mis à frisotter en petites boucles, ce qui leur donnait une allure efféminée et accentuait la rudesse de ses traits irréguliers. A présent, il ressemblait à n'importe quel péquenot monté trop vite en graine, débarqué de sa cambrousse pour se retrouver à la dérive dans Chicago. Il en arrivait comme ça des tas tous les jours !

Buster s'arracha finalement à la contemplation d'Abilene pour se tourner vers Marie.

— Dis donc, toi ! tu as toujours l'air aussi en train que d'habitude. Qu'est-ce que tu fabriques ?

Il tira une chaise et s'assit à côté d'elle.

— Rien, dit Marie. Je ne trouve absolument rien. Link travaille, lui.

— Non ! s'exclama Buster avec surprise. Dans quel show ?

— Pas dans un show, dit Marie d'une voix brusque. Dans un entrepôt.

— Comme quoi ?

— Pour trimbaler des caisses ou quelque chose comme ça, je crois. C'est ça, Link ?

— A peu près, fit Abilene avec un soupir.

— Ecoute, Marie, dit Buster. Je crois que j'ai trouvé un engagement pour nous deux. Tu veux venir faire un saut pour voir ? Mettons, dans une demi-heure ?

— Et comment, que je veux ! s'exclama Marie avec un geste si résolu que son kimono s'ouvrit soudain découvrant ses seins nus.

— Marie ! cria Abilene d'une voix coupante.

Elle se couvrit en riant.

— Pour quelqu'un qui se plaint tout le temps d'avoir mal aux yeux, Link, tu vois drôlement clair dans une chambre presque noire !

— Difficile de ne pas les voir ! murmura Buster en plongeant, comme pour éviter une gifle.

— Je ne suis tout de même pas aveugle, fit Abilene.

— Alors, arrête de te plaindre ou va chez un médecin, je te l'ai déjà dit.

— Qu'est-ce que cette histoire pour ses yeux ? demanda Buster.

— Je ne sais pas, fit Abilene. C'est très gênant par moments, puis ça redevient normal. Il y a comme un brouillard devant mes yeux. Puis ça passe.

— Okay, okay, fit Marie. Ça fait cent fois que j'entends ça. Va voir un docteur ! (Elle se tourna vers Buster avec impatience.) Alors, ce job ? Qu'est-ce que c'est ?

— C'est au « Perchoir », fit Buster.

— Je m'en fiche que ça soit même au cimetière, pourvu qu'on me paye.

— Oh ! « Le Perchoir » marche bien maintenant, tu sais. Ils ont une clientèle de bohèmes : des écrivains, des peintres, tu vois le genre. Plus quelques rupins des quartiers chics qui viennent pour s'encanailler. Je suis tombé sur un type que je connais, Bob Bold, l'animateur...

— J'ai entendu parler de lui, interrompit Marie, visiblement intéressée.

— Eh bien, dit Buster, c'est lui qui présente les attractions de Poggi. Il raconte des histoires corsées et se pavane en habit à queue. Un chiqué élégant, quoi ! Il s'occupe aussi d'engager des attractions. Il trouve mon truc nègre au poil. Je n'ai qu'à y ajouter un air nouveau et quelques blagues salées. Toi, ton numéro français va lui aller comme un gant. Tu as toujours ton costume de soubrette française, avec la jupe courte et les bas noirs en dentelle ?

— Tu parles, s'écria Marie, les yeux brillants d'animation. Les bas ont peut-être besoin de quelques petites reprises, mais ça, ça me connaît depuis longtemps !

Buster bondit brusquement de sa chaise, comme un diable hors de sa boîte.

— Vous ne savez pas les dernières nouvelles ?

— Quelles nouvelles ? interrogea avidement Marie.

— Billy Weedon a mis les voiles pour échapper aux huissiers. Même Goldie qui ne sait pas où il est. Il n'a rien dit à personne. Il a tout simplement filé. Comme ça !

— Ça me fait de la peine d'entendre ça, dit Abilene.

Marie le regarda ironiquement, puis haussa les épaules en se levant de sa chaise.

— T'en fais pas pour lui ! dit-elle. Mais il va peut-être falloir que je m'habille, maintenant. Faut que j'amène un costume, Buster ?

— Non ! Bob se rendra parfaitement compte, même si tu es en robe de ville. Du reste, j'estime que c'est déjà dans le sac !

Marie se tourna vers Abilene.

— Toi, tu ferais mieux d'aller te coucher, Link. N'oublie pas que tu te lèves à six heures !

Buster frissonna délicatement.

— A cette heure-là, moi, je me couche, dit-il.

La vie d'Abilene était devenue une sorte de cauchemar, comme au temps des répétitions. Seulement, c'était bien pire à présent. Il se levait tous les matins à six heures, et s'affairait en trébuchant, dans l'obscurité, pour préparer son petit déjeuner dans le petit recoin tenant lieu de cuisine, sans réveiller Marie. Mais malgré toutes ses précautions, Marie était presque toujours réveillée avant qu'il ne parte, et elle protestait d'une voix ensommeillée ; quelquefois, elle l'injuriait d'une voix sourde et méconnaissable.

A six heures et demie, il était au travail, dans l'immense entrepôt sombre et plein de courants d'air. Il déchargeait les fardiers, traînant et portant des caisses et des colis d'un endroit à un autre, d'un étage à l'autre ; il lui arrivait parfois de remplacer le charretier pour conduire un fardier à l'annexe de l'entrepôt un peu plus bas dans la rue, et d'aider au déchargement, dans la bise glacée du lac, à deux ou trois cents mètres de là, sous la neige ou la pluie qui ne tardait pas à geler, transformant les rues en pistes glacées.

D'autres fois, il aidait les charretiers à soigner les chevaux d'attelage puissants et flegmatiques. Ce travail-là lui plaisait. L'écurie était remplie d'une douce chaleur animale, et de la bonne odeur de paille propre, de liniment et de crottin frais. Ces grandes bêtes patientes, endurantes et dociles — bien que sujettes à d'inexplicables crises d'entêtement et de fureur — lui obéissaient immédiatement, reconnaissant en lui un maître bon, mais ferme. Jamais il ne les injuriait comme faisaient la plupart des charretiers, et il n'usait du fouet qu'en de très rares occasions. Il commandait aux chevaux ce qu'ils avaient à faire, et s'il arrivait qu'ils hésitent ou se rebellent — ce qui pouvait arriver avec certains chevaux pervertis par des imbéciles ignorants et brutaux — il insistait calmement et réussissait généralement à imposer sa volonté, sans violence.

Un jour, le chef d'écurie, un Italien nommé Giocco, alla trouver le patron.

— Le Link, il pourrait faire conducteur de grand fardier, avec six chevals. Si ? Lui, c'est meilleur homme pour cheval, ici. Si ?

— Je regrette, Giocco, répondit le patron. Le gars ne voit pas clair. Il y a quelque chose qui ne va pas, avec ses yeux. On ne peut pas le lâcher sur le verglas avec un fardier pareil. Il a une trop mauvaise vue.

— Et avec lunettes ? Avec lunettes, si ?

— Non ! il pourrait les casser.

— Faire essayer ? Si ?

— Non ! Je ne tiens pas à ce qu'on me poursuive en justice !

Giocco poussa un profond soupir.

— Okay ! Mais je lui garde dans écurie, si ? Alors, tous les chevals tranquilles. Tous les z'autres fouetter, fouetter, crier... *brutto ballordo !* Je aimer mieux les chevals que hommes. Plus beaucoup intelligents !

— Tu n'as pas tort, Giocco. Garde-le dans l'écurie si ça te chante, mais il faudra nous le prêter de temps en temps. C'est le type le plus costaud qu'on ait !

— Et lui, pas faire mal à oune moustique. Sacré brave homme, le Link !

Cet entretien n'apporta pas grand changement à Abilene. On venait régulièrement « l'emprunter » aux écuries, quand il fallait déplacer des grosses caisses, ou les emmener de l'entrepôt principal à l'annexe. Il réussit néanmoins à s'arranger pour passer de plus en plus de temps dans les écuries, et bientôt, Marie commença à s'en plaindre.

— Bon Dieu ! Link, s'exclamait-elle indignée. Ce

que tu peux sentir mauvais ! Autant vivre avec un cheval !

Cela tracassa beaucoup Abilene, car la seule satisfaction réelle qu'il trouvât dans ce travail exténuant, c'était de s'occuper des chevaux.

C'est pourquoi il prit l'habitude d'amener des vêtements de rechange et de prendre un tub tous les soirs, dans le vaste entrepôt après le travail, tout nu dans un grand baquet en bois, exposé à tous les courants d'air.

Giocco, en le voyant faire, lui disait alors avec une stupéfaction peinée :

— Uno giorno, tou auras les balles gelées — alors là ! ta femme dire quoi ? Hein ! Ecoute, Link, toi es idioto ? A ta femme, toi donner bonna bastonade arrière. Avec ceinture de cuir ! Toi, le maestro dans maison !

Mais, pour Abilene, cela valait la peine de se donner du mal : Marie cessa de se plaindre des odeurs qu'il rapportait avec lui.

N'empêche qu'il trimait dur pour deux dollars cinquante par jour. Mais, comme disait Marie, ça l'occupait et il se faisait un peu d'argent. C'était ça qui comptait.

Quant à Marie, elle réussissait très bien avec Buster au « Perchoir ». Ils en étaient les premiers surpris. Toutes les fins de semaine, ils s'attendaient à ce qu'on les congédie, mais non ! Le temps passait, les jours, les semaines... deux mois. Et ils finirent par faire partie de la maison. Certains habitués passaient maintenant à la boîte, juste à temps pour ne pas rater leur dernière exhibition de la nuit. Bob Bold et Poggi étaient tout sourire. Ils leur accordèrent même une légère augmentation et leur firent servir gratuitement un bon souper entre leurs numéros.

— On a du travail et on gagne de l'argent, disait Marie.

Et elle ajoutait avec indifférence :

— Pourquoi les gens continuent à venir nous voir, ça, ça m'est complètement égal.

— Maintenant, on a de bonnes relations, répliquait Buster. Le gars Bold fréquente beaucoup de monde — et ça ne gâche rien non plus d'être en bons termes avec Poggi. Il roule sur l'or !

Puis le temps s'améliora lentement. Il y avait dans l'air vif comme un avant-goût du printemps. Dans le parc, quelques grives migratrices firent leur apparition sur les branches encore nues des arbres. Çà et là, on voyait même quelques bourgeons téméraires montrer le bout de leur nez.

C'était à peine si Abilene et Marie se voyaient, à présent. Quand Marie rentrait pour se mettre au lit, entre trois et quatre heures du matin, Abilene ronflait généralement, le visage tourné vers le mur. Il se levait à six heures, travaillait toute la journée, puis rentrait à la maison le soir, vers six heures et demie, fatigué et silencieux. A cette heure-là, Marie était en train de préparer le dîner — pour elle, c'était l'heure du petit déjeuner — elle courait de côté et d'autre, vêtue de son kimono, laissant tomber des assiettes, maudissant le petit fourneau à pétrole à trois feux, se brûlant et se coupant les doigts dans sa hâte fébrile.

D'autres fois, quand il rentrait, une chaleur étouffante régnait dans le petit logement. Les fenêtres étaient couvertes de buée et Marie s'affairait complètement nue à l'exception d'une paire de mules. Elle faisait la cuisine en fredonnant. C'était là quelque chose qu'il ne pouvait pas comprendre. Pas plus qu'il ne pouvait comprendre pourquoi, dans ces moments-là, elle repoussait toujours ses avances.

— Pour l'amour de Dieu, Link, s'écriait-elle alors, tu ne vois pas que je suis en train de faire la cuisine ! Enfin !

— Alors mets-toi quelque chose sur le dos. Quel effet crois-tu que ça me fait de te voir te balader comme ça ?

Elle riait d'une voix rauque en s'exclamant :

— Quel gosse tu fais ! Tu ne t'es pas encore habitué à moi ?

— Pourquoi tu te promènes comme ça ?

— Je suis chez nous. Personne ne peut me voir. Je me sens à mon aise comme ça. C'est pour ça. Alors, tu es content maintenant ? Tu as compris ?

Après le dîner, Abilene l'aidait à faire la vaisselle, puis elle se préparait pour aller au « Perchoir ». Parfois, Buster venait la prendre. A huit heures, elle était déjà partie. Il ne restait rien d'autre à faire à Abilene que d'aller se coucher. Il ne pouvait même plus lire les journaux, à présent. Il avait essayé, en approchant la page tout près de ses yeux, puis en l'éloignant le plus possible, mais sans plus de résultat. Il finit par y renoncer. De même qu'il renonça à se plaindre. Il se contentait de ne pas en parler, espérant que son état s'améliorerait. Marie avait dit qu'elle en avait plein le dos, de ses jérémiades.

Une chose s'était mise à tracasser Abilene : Marie ne lui parlait plus jamais du « Perchoir ». Au début, elle n'arrêtait pas de parler des clients excentriques, des types qui avaient trop bu, d'incidents comiques. Elle lui parlait aussi de Bob Bold, pendant des heures entières au point qu'Abilene, un soir, s'était endormi en l'écoutant tellement elle était assommante. Maintenant, elle n'en parlait plus jamais. Elle ne prononçait même plus le nom de Bob Bold.

Un soir, il lui demanda :

— Et ce type, Bob Bold... Il travaille toujours au « Perchoir » ?

Marie le regarda avec une moue de pitié ironique.

— *Travaille !* Mais il *est* « Le Perchoir » ! Sans lui, la boîte ne serait rien, absolument rien !

Mais elle ne poursuivit pas plus loin la conversation et elle continua à ne jamais mentionner le nom de Bob Bold.

C'était une nuit de printemps ; il ne pleuvait plus, mais les boulevards miroitaient sous la lumière des lampadaires. Une brise tiède soufflait de temps à autre, faisant trembler les jeunes pousses vertes des arbres qui bordaient les rues latérales.

Abilene s'agitait dans son lit. Il ne pouvait pas dormir.

A une heure du matin, il se leva et s'habilla. Le dernier spectacle du « Perchoir » commençait à une heure trente. Puisqu'il ne pouvait pas dormir, Abilene s'était dit qu'il allait faire un saut jusque-là pour voir de quoi cette boîte avait l'air. C'était là le prétexte qu'il se donnait. En réalité, il avait une arrière-pensée : quelque chose qui le tracassait depuis longtemps, un vague soupçon que tout n'était pas comme cela aurait dû être.

Avant, du temps où elle lui parlait encore du « Perchoir », Marie lui avait donné un aperçu de la disposition des lieux. D'un côté, le bar : pour messieurs seulement. En face du bar, trois grandes voûtes percées dans une cloison s'ouvraient sur une sorte de restaurant, aux tables serrées les unes contre les autres ; une petite estrade faisant office de scène empiétait sur l'espace vital du restaurant.

— Je resterai au bar, se dit Abilene, regrettant déjà d'avoir cédé à sa curiosité.

Ce soir-là, sa vue n'était pas trop mauvaise. Les choses lui apparaissaient bien un peu floues, et légèrement déformées, mais il n'était pas séparé du monde extérieur par un brouillard, comme cela lui arrivait souvent.

Il perçut une tempête de rires dans lesquels se perdait une harangue prononcée par une voix rauque d'homme. Il regarda l'entrée, vit trois portes dont l'une indiquait : « Bar. Pour messieurs seulement », et entra.

Non sans mal, il parvint à trouver une place libre près de l'angle que formait le comptoir, tout au fond. Sa haute taille lui permettait de voir sans difficultés par-dessus les têtes de tous les types qui étaient serrés devant lui, épaule contre épaule.

Dans le restaurant régnait une obscurité presque complète ; la scène, par contre, était brillamment éclairée au gaz. Abilene commanda un whisky et resta debout, laissant plonger son regard sur le restaurant, par la troisième voûte.

Un jeune type costaud, en habit à queue, debout sur la scène, apostrophait le public. L'éclairage accentuait encore les reflets huileux de sa chevelure noire. Une expression paillarde jouait sur son visage triangulaire, ses yeux noirs clignotaient comme des phares, et une moustache élégante, noire elle aussi, soulignait la blancheur de ses grandes dents. Il avait l'air tellement imbu de sa personne que c'en était presque insupportable ; le genre « c'est-moi-que-v'là, les-péquenots ! ». Il se payait la tête du public, l'insultait, et le public avait l'air de trouver ça à son goût.

Marie se tenait à côté de lui sur la scène. Elle avait presque l'air d'une jeune fille dans son costume de soubrette française, et ses longues jambes étaient terriblement affriolantes dans les bas de dentelle noire qu'Abilene lui avait souvent vu repriser, en se piquant les doigts avec l'aiguille et jurant à haute voix. Elle était penchée en avant, les mains sur les genoux, tortillant les fesses sans arrêt.

Le jeune type... c'était sûrement Bob Bold — s'interrompait de temps en temps au milieu d'une phrase, feignant un trouble violent, et se penchait en arrière pour jeter un coup d'œil furtif.

— Pas maintenant, disait-il alors. Tout à l'heure !

Sur quoi le public s'étranglait de rire.

Enfin, il dit :

— Maintenant, je vais vous présenter Mademoiselle Marie. Elle vous divertira avec quelques chansons classiques écrites spécialement pour elle par Chopin. Sam Chopin, pas Fred ! Ça la démange, c'est plus fort qu'elle. Allez, vas-y, bébé !

Marie se lança alors dans sa chanson pseudo-française qu'elle accompagnait d'ondulations lascives de tout son corps ; au moment de sortir de scène, elle se pencha très bas, laissant voir ses deux rondeurs postérieures moulées dans une culotte en satin rouge bordée de dentelle. Des applaudissements assourdissants la saluèrent. Sans erreur, avec l'aide de Bob Bold, Marie obtenait un succès fou !

Abilene paya sa consommation et sortit. Une pluie fine tombait à nouveau, et les rues ressemblaient à de sombres canaux reflétant la ville à l'envers.

Il se sentait un peu rassuré quand il héla un cocher pour rentrer chez lui. En somme, l'attitude de Bobby

Bold à l'égard de Marie était purement professionnelle. Abilene avait pris l'habitude de ce genre de familiarités, au cours de son passage dans la Weedon Theatrical Troupe.

« Vingt dieux ! je suis rudement content de ne pas lui avoir fait savoir que j'étais là, songea Abilene. Elle m'aurait pris pour un sacré crétin ! »

Marie rentra très tard, cette nuit-là. Abilene ronflait, le visage tourné vers le mur. Contrairement à ce qui se passait les autres nuits, Marie ne fit aucun effort pour éviter de faire du bruit. Elle alluma le gaz et monta la flamme en grand. Elle laissa tomber ses souliers sur le plancher, sans ménagement, en lançant ses vêtements n'importe où. Abilene se mit à remuer et à se plaindre dans son sommeil.

— Oh ! oui, tu es bien à plaindre, espèce de crétin, gronda Marie tout en arpentant la pièce en chemise de nuit, et en tirant sur sa cigarette.

Abilene se retourna finalement avec un grognement. Puis il ouvrit les yeux tout grands, et se dressa sur le coude.

— Tiens ! bonjour, mon chou ! dit-il.

Marie se précipita au pied du lit où elle se planta, le dévisageant comme une furie.

— Qu'est-ce que ça veut dire ces manières de venir m'espionner ?

Abilene se mit lentement sur son séant.

— Du calme ! Du calme ! Je n'étais pas en train de t'espionner !

— Ah ! non ? Tu m'as pas espionnée ! Alors, pourquoi tu n'as pas fait prévenir que tu étais là ? C'était la dernière séance. Tu aurais pu me ramener à la maison. Mais non, il fallait que tu t'amènes en douce comme un voleur, et que tu te débines pareil, comme un sale hypocrite que tu es !

Abilene, stupéfait, ouvrait de grands yeux.

— Un quoi, tu dis ?

— Hypocrite ! Hypocrite ! Hypocrite !

Abilene parla lentement.

— S'il y a quelque chose que je ne suis pas, c'est bien un hypocrite !

Marie hurlait à présent.

— Alors, pourquoi tu te conduis comme si tu l'étais ? Hein ! Pourquoi tu es venu me gêner comme ça ? Tu te conduis comme un maquereau qui a peur d'être refait...

— Marie !

— Te cacher comme ça dans le bar ! Espèce d'imbécile — comme si tu pouvais te cacher, avec ton cou de girafe...

— Marie... !

— Marie ! Marie ! C'est tout c' que tu sais dire, espèce de crétin ! Bob Bold a failli crever de rire. Tu sais c' qu'il a dit, hein ? « Paie-le pour qu'il reste chez lui, pour l'amour de Dieu ! qu'il m'a dit. Il va faire partir tout le monde. »

— Marie... !

— Oh ! Ça suffit ! Toi, avec ton calme et ton air de martyr ! Tu as bien vu, maintenant ! C'est rien qu'un truc pour montrer mon cul, et ça tu le sais ! Tu aimerais bien me foutre une raclée, hein ? Mais si tu faisais ça, qu'est-ce qui t'arriverait, hein ? Je te quitterais ! Tu perdrais ton joujou, mon mignon ? Et ça te manquerait, hein ? Tu en chialerais ! Espèce de vieux matou en chaleur ! Ça t'arrive, des fois, de penser à autre chose qu'à la bagatelle ?

Abilene tendit soudain le bras, et lui balança une gifle. Il n'avait pas eu l'intention de la frapper fort, seulement de lui donner une sorte d'avertissement, de la prévenir de ne pas aller plus loin. Mais son geste envoya Marie sur le plancher.

Accroupie par terre, appuyée sur un coude, elle regardait Abilene bouche bée, les yeux écarquillés, remplis de crainte.

— Ne me parle plus jamais comme ça, dit Abilene. Je n'aime pas ça. Ne recommence pas, tu entends. Je n'aime pas perdre le contrôle de moi-même.

Un long silence suivit, mais Marie n'avait plus peur, à présent. Elle se remit enfin debout.

— Okay, Link !

— Tu comprends, j'ai l'air d'être très calme. Quand j'étais tout jeune, il y en avait qui tablaient là-dessus et en abusaient. Il m'est arrivé de corriger pas mal de types adultes, parce qu'ils s'étaient trompés sur mon compte.

— Je comprends, Link, dit Marie, l'air docile.

— C'est très mauvais de se mettre en colère. On n'est plus maître de soi. C'est comme ça qu'un type arrive à tuer quelqu'un, avant de s'en être rendu compte.

— Je vois ce que tu veux dire, Link, fit Marie, toujours aussi docile.

De nouveau, un long silence suivit.

— Si j'ai frappé trop fort, je te demande pardon. Je ne voulais pas te faire de mal.

— T'en fais pas pour ça, Link. Il faut que tu dormes, maintenant.

Abilene se recoucha, tira les couvertures sur lui et se tourna vers le mur.

Marie éteignit, puis resta assise dans le noir en fumant une cigarette. Les choses venaient de prendre une tournure tout à fait nouvelle, à laquelle elle ne se serait jamais attendue. Il était évident, à présent, qu'il lui faudrait sérieusement modifier ses projets ; sinon, il pourrait bien lui arriver quelques ennuis, et même des ennuis vraiment graves.

Plusieurs semaines s'écoulèrent. Marie devenait de plus en plus docile et semblait se donner beaucoup de mal pour faire plaisir à Abilene. Le soir, quand il rentrait du travail, le dîner était sur la table et, généralement, c'était des plats qu'il aimait, comme, par exemple, le bifteck aux pommes de terre sautées ou les côtelettes de porc à la compote de pommes ; ou bien encore le jambon au jus, avec de la polenta. Quelquefois, aux premières lueurs du jour, elle le réveillait en le provoquant doucement et longuement ; à la suite de quoi, Abilene, qui avait le sommeil lourd, en prenait peu à peu conscience et se retournait vers elle, avec joie et reconnaissance.

A l'entrepôt, Giocco remarqua le changement qui s'était opéré en Abilene. Il ne l'avait jamais vu aussi gai.

— Ha ! lui cria Giocco. Tu faire mon conseil, si ? Ceinture de cuir sur la fesse ! Faire beaucoup bien, si ?

— Oui, c'est vrai. Tu avais raison, répondit Abilene en riant.

Il donna quelques tapes dans le dos puissant du petit Giocco. Quel type épatant ce petit bonhomme !

— Ah ! ah ! tu vois ? Ça, elles aiment ! Hommes américains... pff ! Trop gentils pour femmes. Eux taper jamais derrière. Femmes crier, gueuler, insulter ? Ho Kay : taper, taper. Apprendre respect comme gosses. Mieux faire amour après, aussi, si ?

— Tu es sûr que tu sais de quoi tu parles ? demanda Abilene en riant.

Giocco haussa les épaules, puis fit mine d'y rentrer craintivement sa tête.

— Quelquefois, femmes taper aussi !...

Abilene se mit à rire comme un fou. Carns, le patron, se retourna pour le regarder, stupéfait. Jamais, auparavant, il n'avait entendu ce grand gaillard rire d'aussi bon cœur.

*

Puis un matin, quand Abilene se réveilla, comme toujours, à six heures, il n'y eut plus de Marie. D'abord, il n'en fut pas autrement frappé, pas avant d'avoir plongé son visage dans la cuvette et de s'être copieusement aspergé d'eau, pour bien se réveiller ; mais là, brusquement inquiet, il eut conscience d'avoir si profondément dormi qu'il ne l'avait pas entendue rentrer.

La pièce était plongée dans la pénombre du petit jour : il alluma le gaz et monta la flamme en grand, puis regarda le lit. L'oreiller de Marie ne montrait aucun creux ; il était évident que sa place était restée vide toute la nuit. Il se mit alors à fouiller partout dans le logement, sans bien savoir ce qu'il cherchait, puis il se rappela soudain le placard du petit hall d'entrée, dans lequel Marie gardait ses vêtements de rechange et ses valises.

Le placard était fermé, et il n'avait pas la clé. Il tira sur la porte et la poignée finit par lui rester dans la main. Il alla en jurant chercher un solide couteau de cuisine et un grand pilon à purée en bois et s'attaqua à la porte. Après avoir brisé la lame du couteau, il réussit enfin à faire sauter la serrure et à ouvrir la porte. Le placard était vide, à l'exception d'un soutien-gorge d'un rose douteux accroché par une bride à un cintre. Il décrocha le soutien-gorge, le contempla d'un regard vide, puis le laissa tomber à terre.

Il procéda ensuite à une fouille minutieuse du logement. Dans le tiroir où, le soir, en se couchant, il mettait ses clés, son portefeuille et sa petite monnaie, il trouva dix billets de dix dollars et une lettre disant :

Cher Link,

N'essaie pas de me retrouver, parce que tu ne me retrouveras jamais. J'ai pris tout l'argent, sauf les cent dollars que je te laisse. Si ça ne suffit pas pour que tu retournes chez toi dans l'Ouest, tu n'as qu'à faire comme le vieux pépère et Gila Joe. J'ai essayé de te prévenir déjà avant le mariage, ça, tu es forcé de le reconnaître, mais tu n'as pas voulu m'écouter. Maintenant, c'est fini et bien fini.

Bien à toi,
MARIE.

Hébété, Abilene s'assit lourdement sur le lit. Il avait eu beaucoup de mal à lire la lettre ; elle était tracée d'une écriture enfantine d'écolière, et il l'avait déchiffrée lettre par lettre ; il en avait les yeux tout larmoyants et pleins de picotements.

— Ah ! bien ! Ça alors, c'est un peu fort ! murmura-t-il, incapable d'exprimer mieux ses sentiments.

CHAPITRE XII

Il arriva à l'entrepôt avec une heure de retard et il n'était pas en tenue de travail. Carns sortit précipitamment de la petite cage vitrée qui lui servait de bureau.

— Mais qu'est-ce que vous avez fichu, Link ? On commençait à se demander s'il ne vous était pas arrivé quelque chose. Et pourquoi avez-vous mis ce costume neuf ?

— Monsieur Carns, fit Abilene, vous avez été très gentil pour moi. Je ne pouvais pas vous quitter simplement comme ça, sans...

Carns était atterré. Son meilleur manutentionnaire ! Sans compter le mal qu'il aurait à en trouver un qui le vaille ! Travailleur comme pas un, poli, consciencieux et capable.

— Nous quitter ! Qu'est-ce qu'il y a qui ne va pas, Link ? Si c'est une question de salaire, on pourrait peut-être... (Il scruta le visage d'Abilene.) Oh ! c'est les yeux ? Ça n'a pas l'air d'aller trop bien aujourd'hui, Link.

Abilene hésita un instant, puis hocha la tête. Ses ennuis ne regardaient que lui.

— Oui, c'est ça, dit-il. Il faut que je les fasse soigner.

— Je suis navré, dit Carns. Eh bien, venez avec

moi. Je vais vous remettre ce qu'on vous doit. Vous n'aurez qu'à signer le reçu pour la comptabilité.

Ils pénétrèrent dans le petit bureau où Carns lui compta quinze dollars en billets de cinq, puis Abilene signa un reçu.

— Faites-vous soigner les yeux comme il faut, et revenez nous voir, dit Carns. Je projette de prendre un adjoint pour m'aider. Ça vous plairait ? Vingt-cinq par semaine.

— C'est très intéressant, monsieur Carns, très intéressant, fit Abilene tout en se rapprochant doucement de la porte. Eh bien...

A cet instant, Giocco fit irruption dans le bureau.

— Eh bé alors, Link ? Eh ? Z'étais embêté sans toi dans l'écourie !

Carns lui ayant expliqué, Giocco se frappa violemment le front en s'exclamant :

— Non, no ! Tou partir ? (Il se répandit en une longue harangue en italien, tandis qu'Abilene et Carns le regardaient en ouvrant de grands yeux, sans rien comprendre.) Oh ! scousez-moi. Zé excité. Link, amico ? Tou révénir, si ?

— Je ne sais pas, Giocco.

— Zé plous voir toi ? (Giocco entoura Abilene de ses bras et le serra très fort. Quand il lâcha prise, ses yeux étaient pleins de larmes. Abilene rougit d'embarras.) Amico, Link. Tou ici révénir, presto. Nous regretter toi. Zé déjà regretté toi ouna hora.

Trop ému pour parler, Abilene gardait les lèvres serrées. Après un échange de poignées de main, il sortit.

Giocco le suivait du regard en secouant lentement la tête.

— Z'yeux ! No, no ! Zé diré à vous qu'est-ce-qué c'est zé parie qué sa femme c'est oune garce. Des hommes comme Abilene touzours marier oune garce.

— Mais qu'est-ce que tu racontes, bon Dieu, Giocco ? demanda Carns, agacé.

Giocco haussa énergiquement les épaules en écartant les bras d'un geste résigné.

— Loui beaucoup trop zentil !

En plein jour, « Le Perchoir » était horrible ; tout le local était sale, poussiéreux, sordide, délabré. Deux Noirs avaient empilé les chaises sur les tables et étaient en train de balayer sans grande conviction. La grande porte du fond, derrière l'estrade, était ouverte, et le soleil dardait ses rayons par l'encadrement, révélant les couleurs criardes des tentures, le tape-à-l'œil et le clinquant de tout ce décor de pacotille.

Derrière le comptoir, un barman faisait un semblant de nettoyage en bâillant, le visage blême, les yeux injectés de sang, l'air maussade. Il se redressa avec mauvaise humeur en voyant Abilene entrer, la tête penchée en avant, les yeux clignotant dans la pénombre.

— N'entrez pas ! cria le barman. On n'ouvre pas avant midi !

— Excusez-moi de vous déranger, fit Abilene. Je cherche Mademoiselle Marie.

Le barman le scruta un bref instant.

— Ah ! ouais ! Je vois... Mais il y a une semaine qu'elle n'est plus ici. Elle a laissé tomber.

— Une semaine ! Et Bob Bold ?

— Il a lâché le même soir qu'elle.

— Vous ne savez pas où ils sont partis ?

— S'ils sont partis quelque part, c'est pas moi qui peux vous le dire, mon vieux ! Moi, je m'occupe de mes oignons. Les artistes, vous savez, ça va, ça vient. Il y a cinq ans que je suis ici, alors...

Abilene restait planté là, comme perdu dans ses pensées ; il se passa plusieurs fois la main sur le front, comme s'il voulait en chasser un insecte.

A la fin, il demanda :

— Vous ne sauriez pas où habite Buster Leonard par hasard ?

Le barman dévisagea un instant Abilene.

— Vous ne cherchez pas ce gars-là pour le descendre, ou quelque chose comme ça, hein ? C'est un pauvre petit crétin qui ne ferait pas de mal à une mouche.

— Non ! répondit Abilene. Je connais bien Buster. Je voudrais seulement lui poser quelques questions. On a toujours été bons amis.

Le barman hocha la tête, puis griffonna rapidement quelque chose sur un bout de papier qu'il tendit à Abilene.

— Craig Hotel, dit-il, agacé de voir Abilene porter le morceau de papier à ses yeux sans pouvoir le déchiffrer. Premier étage, chambre 212. Y a qu'à monter ! C'est une crèche qu'il loue à la journée. Plutôt miteux, mais bon marché ! Vous n'avez qu'à tourner à gauche dans la rue : c'est au coin du boulevard, tout droit.

— Merci, fit Abilene. Si on buvait un verre. C'est moi qui paie.

— Bien, j'en ai bien besoin, dit le barman.

Ils burent en silence, puis Abilene sortit en remerciant à nouveau le type qui le suivait du regard, en hochant la tête.

— Les garces ! Faut toujours qu'elles se marient avec de pauvres péquenots !

Quand Abilene frappa à la porte du 212 au Craig Hotel, il eut du mal à éveiller Buster ; il insista cependant et finit par entendre un chapelet de jurons s'égrener à l'intérieur. Puis la voix de Buster cria :

— Encore vous, espèce de gros plein de soupe. Foutez-moi le camp ! Vous ferez la chambre quand ça me plaira !

— Buster ! C'est moi : Abilene !

Un grand silence suivit ; puis Abilene perçut quelques bruits désordonnés : un grincement de ressorts, suivi d'un trottinement rapide de pieds nus sur le plancher. La porte s'ouvrit brusquement, et Buster, à travers les mèches noires qui lui pendaient devant les yeux, leva sur Abilene un regard ébahi.

— Mais d'où est-ce que vous sortez, mon vieux ? Qu'est-ce qui vous arrive ? Comment avez-vous fait pour me dénicher ? Et pourquoi ?

— Ne vous cassez pas la tête pour ça, fit Abilene.

— Mais entrez donc, s'écria Buster, son regard rempli d'étonnement toujours fixé sur le visiteur. C'est un vrai trou de rat ici, mais j'en ai connu de pires !

Abilene entra en baissant la tête pour ne pas se cogner, puis Buster ferma la porte et lui emboîta le pas.

— Asseyez-vous, dit-il, la chaise est là — c'est la seule et unique, mais je pense qu'elle tiendra le coup.

Abilene s'y assit tandis que Buster se perchait sur le bord du lit et commençait à se gratter. Il portait une chemise de nuit en flanelle grise et fripée. Ses jambes étaient maigres et couvertes de poils.

La chambre était petite et délabrée.

— Alors, qu'est-ce qui vous arrive ? demanda Buster. Vous avez le cafard ? Comment ça se fait que vous n'êtes pas à votre boulot ?

— Qu'est-ce qui s'est passé avec Marie ?

Buster regarda Abilene avec surprise.

— Elle ne vous l'a pas dit ?

— Non.

— Elle m'avait dit qu'elle le ferait.

— Vous savez où elle est ?

— Evidemment que je le sais.

— Tant mieux. Où ?

— Maintenant, écoutez-moi, Link, dit Buster avec compassion. C'est le terminus. Tout le monde descend, et vous avec ! Oubliez-la ! Elle ne veut plus de vous, c'est fini ! Vous n'avez pas compris ?

— Elle est ma femme !

— Et après ? Quand on en a marre, on se tire, c'est tout. C'est comme ça que Marie voit les choses. Et c'est le bon sens même, Link.

— Pour moi, non ! Pour moi, c'est simplement quelque chose qu'elle s'imagine.

— Ecoutez, Link ! Moi, j'ai travaillé avec cette garce de Bertha Campeaux pendant dix ans, sauf quelques rares interruptions. Vous pouvez me croire, il ne s'agit pas d'un simple caprice. Le rideau est tombé sur le final. La pièce est jouée ! Dites-vous bien qu'il faut vous faire une raison. Ça vaudra mieux que de vous tracasser inutilement.

— Où est-elle ?

— Vous allez sortir les calibres pour aller la voir ?

— Non ! Je veux seulement lui parler. Où est-elle ?

— J'y arrive. Et plus j'y pense, plus je serais d'accord pour vous voir sortir vos calibres, si ça vous chante. Plus je pense à cette histoire, et plus ça me dégoûte. Bobby Bold est le salopard le plus vaniteux que j'aie jamais rencontré.

— Est-ce que lui et Marie ont... ? commença Abilene, puis il s'interrompit.

Buster rit doucement.

— Pour parler aussi poliment que vous : oui, ils ont... !

— Vous en êtes sûr ?

— Eh bien, je n'avais pas l'œil collé au trou de la serrure, si c'est ce que vous voulez dire. Mais je suis aussi sûr de ça que je suis sûr de m'appeler Buster. Pourquoi voulez-vous que je ne sois pas sûr, d'ailleurs ? Marie n'attache pas plus d'importance à ça qu'à se poudrer le nez. Pourquoi voulez-vous qu'elle change, après tant d'années ?

— Où est-elle ?

— Ma foi, je vais vous le dire, Link. Elle et Bob débutent ce soir au Gaiety Theatre, à Cincinnati, dans l'Ohio. Dans une grande revue de variétés. Ils sont en vedettes sur l'affiche. Un type important, dans le milieu des variétés, a remarqué leur sketch, au « Perchoir » ; Bob lui avait écrit des lettres, envoyé des télégrammes, et l'a relancé jusqu'à ce qu'il vienne les voir. Il a un culot, ce salopard, ça faut bien l'admettre !

Abilene se remit lentement debout.

— Comment je peux faire ici, pour aller à Cincinnati ?

— Vous vous rappelez la gare où on est arrivés ? Bon ! Vous y allez et vous achetez un ticket de chemin de fer, c'est tout. Si vous êtes assez riche, payez-vous une couchette : le trajet dure toute la nuit.

Buster se leva pour serrer la main d'Abilene.

— Merci, beaucoup, Buster.

— De rien ! Je vous donnerais bien quelques bons conseils, mais comme vous ne m'écouterez pas...

— Quels conseils ?

— Ne pensez plus à Berth... à Marie. Oubliez qu'elle existe. Achetez-vous plutôt un billet pour Alkali. Laissez repousser vos cheveux. Ce patelin ne vous vaut rien, Link.

— Eh bien ! Merci, Buster. Au revoir.

— Salut, Link ! Moi, je retourne dans mon lit pour dormir un peu. Faut que je sois en forme ce soir, bien qu'on joue maintenant pour les chaises, les tables et les garçons du « Perchoir » et qu'avant peu faudra que j'aille me percher ailleurs. Salut !

Quand Abilene débarqua le lendemain à Cincinnati, une vieille valise à la main et son grand chapeau blanc sur la tête, il était midi passé. Désorienté, abasourdi par les cris et le tohu-bohu, bousculé par les gens qui se hâtaient dans toutes les directions, il se perdit complètement dans la gare et se retrouva finalement sur un quai de marchandises. Encouragés par les cris gutturaux et les jurons d'une équipe de charretiers et de manœuvres, de grands chevaux s'efforçaient de reculer pour mettre en place, devant des wagons, leurs énormes fardiers.

Après quelques essais infructueux, Abilene parvint enfin à se faire entendre par un des hommes.

— Excusez-moi, dit-il, où est-ce que je pourrais trouver une voiture de place ?

— Une voiture de place ? Mais nom de Dieu ! qu'est-ce que vous fichez ici, derrière la gare, mon vieux ?

— On m'a bousculé de tous les côtés dans la gare ! A la fin, je me suis perdu...

L'homme éclata de rire. Puis il prit Abilene par le bras, le fit pivoter et tendit l'index.

— Vous voyez cette porte, là-bas ? Vous n'avez qu'à sortir par là, et puis aller tout droit devant vous.

Ayant finalement trouvé l'endroit où stationnaient les voitures de place, Abilene s'adressa à un des cochers.

— Je suis étranger ici. Je cherche un hôtel pas cher et pas trop éloigné du Gaiety Theatre.

— Okay, mon vieux, dit le cocher. Montez ! Bratton House vous ira comme un gant : c'est bon marché, et c'est à deux pâtés de maisons du Gaiety.

De sa chambre, au quatrième étage, Abilene pouvait voir l'Ohio River, si large qu'elle faisait penser à un grand lac et pouvait presque rivaliser avec le Mississippi. En bas, sur sa droite, un pont franchissait le fleuve. Le brouillard qui voilait ses yeux estompait la silhouette de l'ouvrage, et lui donnait des proportions démesurées. Entre l'hôtel et la rivière, c'était un labyrinthe de ruelles d'aspect sordide. Par endroits quelques rails de tramway brillaient au soleil.

Abilene s'allongea pour faire un petit somme. S'il s'était écouté, il aurait filé tout de suite au Gaiety, pour demander l'adresse de Marie à un employé quelconque. Puis il serait allé la retrouver tout de suite. Mais il se rendait bien compte que ç'aurait été une grosse erreur. S'ils flairaient quelque chose de louche, ils étaient capables d'avertir Marie, ce qui ne ferait que compliquer les choses. Non, le mieux c'était de prendre un billet au guichet et d'assister à la revue, bien tranquillement et d'aller ensuite trouver Marie dans les coulisses. Dans le remue-ménage qui régnait toujours à la fin des représentations, on ne ferait sans doute pas attention à lui. Et si par malheur on ne le laissait pas entrer, il attendrait Marie à la sortie des artistes.

Abilene était persuadé que Buster Leonard se trompait à son sujet. Enfin quoi ! Elle était sa femme, à lui, Abilene ; et, quand on se mariait, c'était pour de bon ! Ce n'était pas possible que l'un abandonne l'autre comme ça, sur un coup de tête, tout bêtement, sans réfléchir, et pour ne plus jamais se revoir. Ça n'avait pas de sens ! Sans compter qu'il se sentait aussi perdu qu'une haridelle dans une tempête de sable, sans Marie.

Il réussit tout de même à sommeiller, bercé par le bruit des voitures, des sabots des chevaux sur la chaussée et du tintement aigu des timbres des tramways.

Il dîna vers six heures, dans une petite gargote, cent mètres plus bas, dans la même rue.

Au Gaiety, le spectacle attirait un public purement masculin, et ce qui se vendait le mieux, dans les travées, c'étaient des canettes de bière. Les spectateurs sifflaient, riaient et acclamaient les girls pendant que deux agents de police à la mine joviale, faisaient semblant de veiller au maintien de l'ordre.

Le théâtre était flambant neuf et d'un faux luxe criard ; la salle sentait la peinture fraîche, le vernis et la colle. Avec entrain, les spectateurs des loges d'avant-scène faisaient semblant de vouloir enjamber la rampe, pour rejoindre sur scène les girls qui les encourageaient par des sourires, tout en se tortillant.

Assis dans son fauteuil de parterre au milieu du dixième rang, Abilene était plongé dans le plus complet ahurissement. De toute sa vie, il n'avait jamais rien vu de pareil. Un comique allemand accoutré d'une veste bariolée, d'une énorme casquette et de souliers de clown tout aussi gigantesques, n'arrêtait pas de taper sur le derrière des girls avec une sorte d'outre gonflée d'air. Les girls, en collants couleur chair qui ne laissaient que très peu de marge à l'imagination, continuaient à danser, lançant leurs jambes en l'air en braillant une chanson, et en souriant de toutes leurs dents. Toujours dansant, elles sortirent en file indienne, en présentant leur derrière aux spectateurs et disparurent après avoir lancé une ruade, telles des mules. Le comique allemand fit alors quelques gras commentaires sur leur anatomie, et un gros agent de police vaudevillesque vint lui appliquer un bon coup de bâton sur la tête ; sur quoi, toutes les lumières s'éteignirent.

Dans le noir, une clarinette accompagnée en sourdine par une batterie se mit à jouer une musique d'inspiration orientale. La lumière revint, et le public retrouva toutes les girls alignées en costumes « égyptiens », exécutant une danse du ventre qui aurait à coup sûr effaré un sultan.

Abilene, dans son fauteuil, secouait par instants la tête, sidéré. Le rythme accéléré du spectacle le déroutait : tous ces changements de décors, la succession rapide des numéros, toujours brusquement achevés ; l'impudeur de toutes ces filles, la grossièreté des compères... ! Et où était donc Marie ? Et Bobby Bold ?

Pendant l'entracte, Abilene essaya de lire le programme en le tenant tout près de ses yeux ; mais tout ce qui était en petits caractères ne représentait pour lui que des lignes grisâtres. Après un effort prolongé, il réussit enfin à déchiffrer la distribution :

GIRLS ! GIRLS ! GIRLS
BEAUTÉ ! GAIETÉ ! RIRES !
avec
Le Seul L'Unique Le Fantastique
RUDOLPH SCHUSTER
et
Bobby Bold, Jake Koonz, Adele Hague
et, pour la première fois de ce côté de l'Atlantique,
Marie Campeaux, la Demoiselle de Paris !

Bobby et Marie firent leur entrée en scène après le premier entracte, dans un sketch long et compliqué : c'était l'histoire d'un touriste américain un peu benêt qui s'amène dans un bordel en croyant entrer dans un hôtel ; il est tellement bouché qu'il ne comprend rien du tout à ce qui se passe autour de lui, même quand il découvre dans son lit une fille simplement vêtue d'une chemise de nuit en dentelle.

Le sketch débutait lentement, puis son rythme s'accélérait de plus en plus, jusqu'à provoquer chez certains spectateurs de véritables accès d'hystérie. Le comique allemand tenait le rôle d'un garçon d'étage cynique et voleur ; Marie, celui de la jeune et jolie demoiselle qui ne sait pas un mot d'anglais, et ne cesse de s'égosiller dans son soi-disant français, pour expliquer la situation à Josiah K. Flatbottom — alias Bobby Bold — le touriste américain qui comprend tout de travers.

Enfin, après un intermezzo pétulant de refrains chantés et dansés par Bobby Bold et Marie, le sketch se déchaînait en une sarabande délirante d'épouses qui brandissaient des parapluies en pourchassant des filles à demi nues, et des hommes en tenue légère qui traversaient la scène en courant, leurs bretelles flottant derrière eux. L'arrivée de gendarmes à bicyclette couronnait le tout ! Ils arrêtaient Josiah K. Flatbottom et l'emmenaient en prison pour avoir déclenché une émeute à Paris. Marie et le comique allemand se lançaient dans une farandole endiablée et triomphale, éparpillant à pleines mains l'argent du touriste américain qui retombait sur la scène en une pluie de billets verts.

Cette débauche insensée d'énergie, d'inepties et de grossièretés avait épuisé le public qui ne réagit plus guère avant le grand final au cours duquel toute la troupe, en uniformes clinquants, exécutait une sorte de marche apothéose dans un concert assourdissant de cornets à pistons et de grosse caisse. Pour finir, un immense drapeau américain se mit à descendre des cintres, déchaînant dans la salle une tempête d'applaudissements et de hourras frénétiques.

Le rideau tomba et la lumière revint tandis que de la fosse montaient les joyeux flonflons de l'orchestre, agrémentés de quelques fausses notes.

Abilene quitta la salle en titubant. Il était abasourdi. La Marie qu'il venait de voir ne ressemblait en rien à sa Marie, à lui, mais elle lui était apparue comme un être ensorcelant et très lointain, aussi éloigné de lui et de ses soucis que pouvaient l'être les étoiles.

Comme il s'y était attendu avec une troupe aussi nombreuse, un remue-ménage insensé régnait dans les coulisses. Abilene se glissa derrière la scène et resta debout dans l'ombre. Avec le bruit et les allées et venues, personne ne le remarqua.

Quelques instants plus tard le pitre allemand, Rudolph Schuster parut, suivi d'une grosse femme à l'air soucieux qui lui portait son pardessus. Schuster était presque méconnaissable ; c'était un petit bonhomme chétif d'une cinquantaine d'années, aux grands yeux tristes et à la bouche maussade. Il avait mauvaise mine, et la grosse femme ne cessait de lui répéter d'une voix chevrotante :

— Mets ton pardessus, Rudolph. Tu vas prendre froid, mon chéri !

Schuster ne prêtait aucune attention au conseil de la femme, et il sortit en tirant sur son cigare, impassible. La grosse femme dut courir pour le rattraper.

Bobby Bold fit son apparition. Il achevait de mettre son pardessus quand il sursauta et recula précipitamment dans le couloir. Abilene ne l'avait pas aperçu.

Le temps passait, et Abilene attendait patiemment, son chapeau à la main. Tout à coup, un type trapu au nez cassé s'approcha de lui. Plutôt petit de taille, mais large d'épaules, il n'avait pas l'air commode.

— Qu'est-ce que vous foutez-là ? demanda-t-il.

— J'attends Marie Campeaux, répondit Abilene.

— Elle ne veut pas vous voir, mon vieux ! Fichez le camp d'ici !

Abilene se contenta de lui jeter un regard indifférent sans répondre.

— Foutez le camp d'ici, j'ai dit, cria le petit homme d'un air belliqueux. Ou c'est moi qui vais vous sortir !

— Allons, allons ! Ne vous énervez pas. Je veux simplement dire quelques mots à Marie, c'est tout !

— Je vous dis qu'elle ne veut pas vous voir. Allez ouste, maintenant foutez le camp ! Sinon, c'est moi qui vous fous dehors, aussi vrai que je m'appelle Puggy !

Abilene ne bougea pas. C'en était trop pour Puggy. Se jetant rageusement sur Abilene, il se mit à lui taper dessus à bras raccourcis. D'un seul coup de poing sec et rapide, Abilene envoya Puggy à genoux.

— Et maintenant, laissez-moi tranquille, vous

voulez bien ? dit Abilene. Je pourrais vous faire du mal.

On faisait cercle autour d'eux maintenant, et on se moquait de Puggy.

Il s'était relevé et gesticulait en criant :

— Espèce d'enflé ! Vous ne comprenez pas qu'elle ne veut absolument pas vous voir. Elle ne sortira pas de sa loge tant que vous resterez planté là. Vu ? Vous avez pigé, à la fin, oui ou non, espèce de crétin ? Allez, maintenant, filez !

Abilene, les lèvres serrées, regardait Puggy. Puis, tendant brusquement les deux mains, il attrapa Puggy par les revers de sa veste, le souleva du sol et le secoua comme un sac de plumes.

— Ne me parlez pas sur ce ton-là, dit-il posément. Je n'aime pas ça !

Après quoi, il reposa Puggy par terre et le lâcha. Puggy poussa un juron et, prenant son élan, voulut envoyer un coup de pied à Abilene, cherchant à le frapper à l'aine. Mais Abilene lui saisit la cheville et Puggy s'étala.

— Maintenant, ça suffit, dit Abilene. Sinon, je pourrais vous faire du mal.

Les gens qui les entouraient éclatèrent de rire.

Puggy se remit debout, les yeux levés sur Abilene ; il étouffait de rage et pleurait presque d'humiliation.

— Mais je me tue à vous dire qu'elle ne veut pas vous voir ! protesta-t-il d'une voix aiguë. Elle...

Des remous, dans la petite foule qui faisait cercle autour d'eux, l'interrompirent ; il se retourna pour voir ce qui se passait.

Marie s'avançait en se frayant un passage à coups de coudes. Elle n'était qu'à moitié habillée et serrait un kimono autour d'elle.

Elle vint se planter en face d'Abilene. Un lourd

silence se fit autour d'eux. Quelques-uns des spectateurs commencèrent à s'éloigner, mais d'autres restèrent, fascinés.

— Si tu es venu chercher l'argent, cria Marie, tu ne l'auras pas. Espèce d'imbécile ! Venir ici me faire des histoires ! Oh ! ce Buster ! s'écria-t-elle en sanglotant presque. Si je le tenais !

Abilene la regardait, les yeux écarquillés. Elle allait trop vite pour lui. Il ne comprenait pas.

— L'argent... ? Buster... ?

— Tu n'auras pas un sou, tu m'entends ? Rien ! Je n'ai jamais rien eu de toute ma vie, et maintenant que je l'ai, je le garde. Et il n'y a pas un seul homme dans cette saleté de vie qui y touchera !

— Je m'en fiche, de l'argent, dit Abilene ? C'est pour toi que je suis venu, Marie. Tu es ma femme.

Marie contempla Abilene pendant quelques instants, avec une pitié mêlée d'exaspération. A la fin, elle dit :

— Okay ! Tu l'auras voulu ! Maintenant, je vais te dire une chose : je ne suis pas ta femme ! Je n'ai jamais divorcé avec Fred Bechdorff qui habite toujours à Chicago, et je l'ai même revu avant de partir. Tu m'entends ? Est-ce que tu comprends, maintenant ? Je ne suis pas légalement mariée avec toi, parce que je n'ai jamais divorcé. C'est clair ?

Abilene eut un léger recul.

— Oui, Marie. C'est clair ! Alors, toi et moi, ça n'a jamais été sérieux, pour toi ?

Marie leva les yeux au plafond, en écartant les bras d'un geste excédé.

— Non, s'écria-t-elle finalement. Si ça peut te faire comprendre : ça n'a jamais rien signifié pour moi.

— Bon... je comprends maintenant, fit Abilene.

Garde l'argent. Si tu en as envie au point d'avoir pu faire une chose pareille, tu peux le garder !

Il restait là, à la fixer d'un regard insoutenable, et Marie perdit tout sang-froid. Avec un hurlement de rage, elle se précipita sur Abilene toutes griffes dehors, prête à lui arracher les yeux. Des bras se tendirent et la retinrent, pendant qu'elle se démenait comme une folle, se débattait et continuait à crier en lançant des coups de pied. Puggy profita de la pagaille pour sortir une matraque, et en assener un bon coup sur le crâne d'Abilene. Il en vit trente-six chandelles, mais il resta debout. Il se retourna et d'un coup de poing sec et rapide au menton, il envoya Puggy s'écrouler sur le plancher où il resta pour le compte en gémissant.

La confusion générale était à son comble. On entendit, au bout du couloir, des clameurs ponctuées de pas précipités ; des girls apparurent en poussant des cris de frayeur ; c'est ce moment-là que Marie choisit pour s'évanouir : ses genoux plièrent et elle glissa sur le plancher.

Abilene tourna les talons et sortit.

Dans sa loge, Bobby Bold était assis dans son fauteuil. Il alluma une cigarette en haussant les épaules. Tout ça n'était pas ses oignons !

CHAPITRE XIII

Abilene titubait légèrement en descendant la rue étroite, faiblement éclairée, pour regagner son hôtel. Sa tête lui faisait terriblement mal, et il marchait comme dans un rêve étrange où les notions de temps et de lieu s'estompaient. Etait-il à Chicago, à Alkali, ou ailleurs ? Soudain une enseigne accrocha son regard flou :

ORIENTAL-WESTERN
SALON DE BILLARD
PROPR. CH. BUFORD

Buford ? Buford... Lawless... Toddy... Chickasaw... ALKALI !

Abilene entra dans le salon de billard Oriental-Western avec le vague sentiment d'avoir trouvé un refuge. Il se percha sur un tabouret, le regard fixé sur le drap vert d'un tapis sur lequel roulaient des billes aux couleurs vives qui se heurtaient avec un petit bruit sec.

Un des joueurs poussa son partenaire du coude.

— Regarde le grand type sur le tabouret. Qu'est-ce qu'il tient comme cuite !

— Tu l'as dit ! On dirait même qu'il est prêt à tomber dans les pommes. (Il s'approcha d'Abilene.)

Ça ne va pas, mon vieux ? Vous ne vous sentez pas bien ?

— Je vais très bien, répondit Abilene d'une voix épaisse.

Un peu après minuit, M. Charley Buford s'agita quelques instants dans son sommeil avant de se réveiller pour de bon. Il grogna en jetant un regard circulaire sur sa sordide chambre d'hôtel, puis il se leva, remonta la flamme de sa lampe à gaz encore allumée, et poussa un juron ; après une partie de poker qui avait duré toute la nuit et une bonne partie de la journée, il s'était jeté tout habillé sur son lit à cinq heures de l'après-midi : ses vêtements étaient tout froissés. Il eut un rire sans joie. Il allait devoir se changer complètement, avant de descendre à la salle de billard pour aider Mick Reilly à compter la recette de la journée. Une fois qu'un homme s'est fait la réputation d'être le dandy de son quartier, il ne peut plus se permettre le moindre laisser-aller, et il n'a pas le droit de s'exposer au blâme d'un regard critique. Sinon, les gens se mettraient à raconter que l'élégant Charley Buford commençait à se négliger.

Charley se dépouilla de sa chemise, fit chauffer un peu d'eau sur le gaz, sortit son rasoir de sa trousse et se rasa.

Il s'efforçait d'éviter le mince regard des yeux noisette que lui renvoyait son image dans le miroir. Mais sans succès, comme d'habitude ! Il s'adressa un sourire cynique, pencha la tête en arrière, et posa le tranchant effilé du rasoir sur sa gorge, en disant au miroir :

— Un jour viendra... !

Sur quoi l'image, goguenarde, sembla lui répondre :

— Et pourquoi pas aujourd'hui, Charley ? Pourquoi pas tout de suite ?

Le passé est une chose qu'on ne peut pas chasser comme une mouche. Charley s'en était rendu compte. Malgré ses nombreux succès et toutes les preuves d'audace qu'il avait données, le souvenir qui lui revenait le plus souvent et le plus obstinément était celui d'un échec cuisant, cruellement humiliant ; il le hantait même la nuit, surtout quand il ne pouvait pas trouver le sommeil.

Ici, on le redoutait et on le respectait. Les bagarres étaient rares dans sa boîte de billard pourtant située au cœur d'un quartier plutôt mal famé. Pour empêcher une rixe de se déclencher derrière lui, à l'Oriental-Western, il lui suffisait généralement d'enfiler ses gants de chevreau : tout le monde savait que Charley Buford ne se battait jamais sans porter de gants.

— Je ne veux pas me salir les mains sur des gueules sales, avait-il expliqué une fois.

Quand il sortait de son hôtel pour aller à son salon de billard, un peu plus bas, dans la même rue, les gens du quartier le suivaient d'un regard où la crainte se mêlait au respect.

« Voilà Charley qui passe », disait quelqu'un, et les autres se mettaient aux fenêtres pour l'observer : Trente ans, large d'épaules, tiré à quatre épingles dans l'élégante redingote noire qui le moulait et son pantalon noir au pli impeccable, avec des chaussures noires luisantes comme des miroirs, une chemise blanche empesée, une fine cravate noire. Seul, le grand chapeau noir à large bord relevé, posé bien droit sur sa tête, rappelait qu'il avait vécu jadis dans le légendaire Far West. Ses petites mains étaient moulées dans des gants de chevreau jaunes très ajustés. Il fumait presque toujours un long cigare. De temps à autre, par pure provocation, il arborait une canne, au mépris des traditions du quartier, qui voulait que tout type porteur d'une canne se fasse huer.

— Voilà Charley qui passe, disait-on avec crainte et respect en le regardant s'avancer dans la rue d'un air insolent.

A ceux qui ne savaient rien de lui, on s'empressait d'expliquer :

— C'est un Buford, du Kentucky — dans le temps, on disait Beaufort. C'est comme qui dirait une brebis galeuse. Son père est juge, de l'autre côté de l'eau.

Lorsque Charley sortit de l'hôtel, tiré à quatre épingles et l'air important, il était plus de minuit et demi. Les saloons étaient en pleine effervescence et les pianos mécaniques égrenaient leur musique discordante et barbare.

L'Oriental-Western était plein à craquer ; un vacarme du diable y régnait, et on se chamaillait ferme à l'une des tables de billard. Charley entra rapidement et alla directement se planter devant le comptoir à cigares, en jetant un regard autour de lui. Un murmure se répandit dans la salle, se mêlant au vacarme qui, peu à peu, s'apaisa.

Mick l'accueillit d'un grand sourire.

— Ça rentre à la pelle ce soir, patron. Y a un tas de types qui se sont amenés après la sortie Gaiety. Ils disent que le show est formidable.

Charley ne se donna pas la peine de répondre, et la figure de Mick s'allongea. Puis, brusquement, Charley eut un haut-le-corps et attrapa Mick par le bras. Mick se retourna, stupéfait, en fixant sur son patron un regard ébahi. Jamais Charley n'avait mis sa main sur le bras de quiconque. En tout cas, Mick ne l'avait jamais vu le faire. Qu'est-ce qu'il avait donc, le patron ? Le visage de Charley était blême, son regard fixe et vitreux.

— Qui c'est, le grand type assis là-bas, dans le fond, hoqueta Charley.

Et d'une voix bizarre, il ajouta :

— Mick, tu le vois le grand type assis dans le fond ?

— Sûr que je le vois, patron ! Il y a un bon moment qu'il est là, sans s'occuper de rien ni de personne. J'ai l'impression qu'il est complètement rétamé. Pourquoi ?

Charley n'avait pas l'air de bien savoir ce qu'il allait faire. Et cela aussi, c'était une chose tout à fait surprenante : d'habitude, Charley savait toujours ce qu'il voulait faire. Mick, consterné, l'observa.

— Ce n'est pas possible, fit Charley à voix basse. Comment ça pourrait être possible ?

— Il est resté assis là tout le temps sans s'occuper de rien, marmonna Mick, qui flairait des ennuis et qui aurait bien voulu les éviter.

Charley serra les mâchoires et redressa les épaules, puis il enleva lentement ses gants. Après quoi, sans un regard pour Mick, il traversa la salle de billard bondée pour gagner le fond, et venir se planter devant le grand diable blond qui paraissait absorbé dans la contemplation d'une partie de billard et ne leva pas la tête pour rencontrer le regard de Charley.

— Abilene ! vociféra Charley.

Le grand type blond remua la tête d'un air hésitant, le regard vague, les yeux clignotants.

— Abilene, cria Charley avec violence, levez-vous !

— Qui est là ? demanda Abilene. Qu'est-ce que vous voulez ?

Il se mit debout en vacillant, dominant les autres de toute sa stature.

Avec un rire féroce, Charley leva ses gants jaunes et lui lança une gifle retentissante. Tous ceux qui assistaient à la scène sentirent un frisson leur passer dans le dos et se regardèrent en blêmissant.

— Pourquoi avez-vous fait cela ? demanda Abilene. Est-ce que je vous ai fait quelque chose ?

— Vous ne me reconnaissez donc pas ? hurla Charley. Bon Dieu ! qu'est-ce qu'il vous est arrivé, Abilene ? C'est moi, Buford Lawless. Vous ne vous souvenez pas de moi ?

— Je me souviens de vous, Buford, dit Abilene. Mais l'ennui, c'est que je ne vois rien.

Un silence pénible envahit la salle, Charley laissa échapper ses gants et, frappé d'horreur, scruta le visage d'Abilene.

— Vous voulez dire que vous êtes aveugle ?

— Oui, répondit Abilene. Tout d'un coup, je ne peux plus rien voir du tout. Tout est noir.

Puis il chancela et, avant que personne ait pu faire un geste pour le retenir, ses genoux fléchirent et il s'écroula en avant, s'accrochant une seconde au bord du billard pour ne pas tomber ; mais ses mains lâchèrent prise, et il s'effondra sur le plancher.

— C'est bien ce que je disais, s'exclama Mick Reilly rompant le silence consterné. Il a trop bu !

— Non, cet homme-là n'a pas trop bu, dit Charley d'une voix tellement inattendue que tous détournèrent les yeux de la forme étendue à terre pour regarder Charley.

Ses traits tirés étaient d'une pâleur extrême, et son regard, toujours si dur, était devenu étrangement doux et lointain, comme si l'esprit de Charley vagabondait ailleurs.

Tout le monde était mal à l'aise, et personne n'osait rompre un silence qui commençait pourtant à paraître long aux habitués de l'Oriental. Bon Dieu ! qu'est-ce qu'il lui prenait, à Charley ? Pourquoi ne leur disait-il pas ce qu'il fallait faire ?

Mais Charley n'était pas là ; il était ailleurs et ne voyait plus la salle de billard ni les joueurs, ni même le grand type inerte étendu de tout son long à ses pieds.

Comme dans un rêve, Charley voyait Chaparral Avenue ; et l'illusion était si parfaite qu'il sentait l'ardeur du soleil brûlant sur la chaussée déserte, à l'exception d'un géant aux longs cheveux dorés qui s'avançait vers lui, tel un héros légendaire et invincible. Qui aurait la folie de prétendre l'emporter sur un homme pareil ? Puis, tout d'un coup, cette peur atroce qui le couvrait de sueur — cette envie folle de fuir ; et l'horrible humiliation de se conduire en lâche devant tout le monde. Ensuite, l'attente de la mort, l'acceptation de l'inévitable. Mais non !... Le géant avait eu pitié de lui ; il n'avait même pas dégainé ; humiliation encore plus cruelle — la pire de toutes.

— Mais maintenant, je l'ai affronté, fit Charley à haute voix, et les hommes qui ne l'avaient pas lâché des yeux le regardèrent avec effroi. Cette fois, je l'ai affronté. En dépit de tout, je l'ai affronté.

Il se sentait soudain envahi d'un immense soulagement, comme l'homme qui se réveille d'un long et terrible cauchemar, pour découvrir qu'il est sain et sauf dans son lit, et que le soleil brille et que les oiseaux chantent.

Il regarda autour de lui avec des yeux neufs qui avaient perdu leur dureté et se rendit compte, pour la première fois depuis son retour de l'Ouest, qu'il n'avait pas vécu dans une sorte d'enfer peuplé d'êtres répugnants, à peine humains, auxquels la crainte seule pouvait inspirer le respect, mais tout simplement dans un endroit triste et sordide, peuplé d'individus faibles mais, au fond, assez bien intentionnés, et qui n'auraient pas demandé mieux que d'être ses amis, s'il y avait consenti. En somme, il se remettait lentement à regarder le monde avec des yeux normaux.

Charley alluma son cigare d'une main qui tremblait, puis il dit lentement :

— Mick, va tirer doc Thomas de son lit. (Il s'adressa aux autres.) Les gars, il faut qu'on monte cet homme dans ma chambre.

— Le porter, vous voulez dire ? s'exclama un petit type. Bon Dieu ! on n'y arrivera jamais, monsieur Buford ! J'ai jamais vu de ma vie un type aussi grand que celui-là.

Charley réfléchit un moment, se retourna, et tendit l'index.

— Vous n'avez qu'à enlever cette porte de ses gonds.

C'est ainsi qu'Abilene fut transporté dans la chambre d'hôtel de Charley Buford, sur une vieille porte de salle de billard. Quand le docteur Thomas arriva, suant et soufflant, Charley avait déjà chassé tout le monde hors de sa chambre. Il aida le docteur à retirer la chemise d'Abilene.

— Tudieu ! quel type ! s'exclama le médecin. Quel coffre. Et regardez-moi ces biceps. Tu es sûr qu'il n'est pas simplement ivre ? Ou peut-être drogué ?

Charley secoua la tête avec impatience.

— Je te garantis que ce n'est pas ça, Doc. Ausculte-le ! Il est aveugle. Il ne voit plus rien.

— Aveugle ! Tudieu !

Le docteur entreprit alors un examen minutieux

d'Abilene ; il découvrit finalement, sur le côté de la tête, une petite bosse qui était en train de virer au bleu.

— Tiens, regarde là, Charley. On lui a flanqué un coup.

— Il s'est écroulé par terre, dans la salle du billard. Ça ne pourrait pas être ça ?

— Je ne sais pas ! Mais ce n'est pas ça qui a pu le rendre aveugle en tout cas. C'est difficile à dire, Charley, je vais le soigner de mon mieux. Mais j'aime autant te le dire tout de suite, je n'aime pas jouer avec les yeux, et si sa vue ne revient pas très rapidement, il faudra montrer ce gars-là à un spécialiste. Moi, je ne peux pas prendre cette responsabilité !

Abilene dormit toute la nuit d'un sommeil paisible, tandis que le médecin le veillait et que Charley Buford arpentait lentement la chambre, l'âme en paix. Pourquoi ne rentrerait-il pas chez lui, maintenant, pour revoir sa famille ? Il pouvait les affronter, à présent. Le juge se faisait vieux ; il ne vivrait pas éternellement !

L'aube se leva, et la lumière du jour filtra dans la petite chambre d'hôtel. Quelques instants après, Abilene s'agita dans son sommeil, puis il se réveilla.

— Où est-ce que je suis ? demanda-t-il en se mettant sur son séant. (Puis se frottant les yeux, il regarda autour de lui en clignotant des paupières.) Je ne vois rien.

— Vous êtes chez moi, Abilene, dit Charley. Je suis Buford Lawless, vous vous souvenez de moi ?

— Je me souviens, Buford.

Le docteur s'était mis debout, en secouant la tête.

— Je ne peux rien faire, Charley. Il faut que tu le fasses voir à un spécialiste.

— Lequel ?

— L'un des meilleurs spécialistes d'Amérique se trouve ici, à Cincinnati : le docteur Weidenreich. Mais il est très pris, et il se fait payer très cher. Il enseigne à l'Université et n'exerce plus que s'il est appelé en consultation par des confrères. Mais c'est l'homme qu'il te faut !

— Vous avez de l'argent, Abilene ? demanda Charley.

— Je dois avoir soixante-dix ou quatre-vingts dollars.

— Et moi, fit Charley avec un rire forcé, je n'ai pas un sou, comme toujours. J'ai perdu tout mon paquet hier ! Il y a les recettes, évidemment, mais quand j'ai fini de payer tous mes… (Il s'interrompit soudain, et demeura un moment perdu dans ses pensées : puis il eut un rire léger.) J'ai une idée formidable, Doc. Tu peux rester ici, avec ce gars, pendant que je sors un moment ?

— Charley, je ne peux vraiment pas. J'ai d'autres malades, tu comprends. Et j'ai déjà été…

— Okay ! fit Charley, avec une indulgence qui surprit le médecin auquel ce curieux type avait toujours inspiré une certaine crainte. Je vais dire à Molly, à la réception, de monter. Tu peux le laisser sans danger, hein ?

— Oh ! oui, bien sûr.

— Buford, appela Abilene, je voudrais vous remercier pour tout le mal que vous vous donnez pour moi. Je n'ai jamais rien eu contre vous, vous savez, Buford. C'était seulement…

— Oublions tout ça, Abilene, dit lentement Charley. Depuis, il a coulé pas mal d'eau sous les ponts.

CHAPITRE XIV

Les bureaux de la société Weik-Todhunter occupaient tout le neuvième étage du Rightmire Building, dans le centre de Cincinnati. En sortant des ascenseurs, on se retrouvait de plain-pied dans un hall fermé au fond par un long comptoir derrière lequel on ne pouvait accéder qu'en franchissant une petite grille. Trois jeunes hommes, d'aspect plutôt rébarbatif, y montaient la garde, tous vêtus du même complet sombre, portant la même cravate à large nœud sur le même col raide, et arborant la même moustache, ou peu s'en fallait ! Tous trois étaient installés à des bureaux, derrière le comptoir, plongés dans diverses paperasses quand ils ne s'occupaient pas d'éconduire les représentants, inventeurs et maniaques divers, ou bien les « anciens amis » du grand patron, ou encore les importuns de tout poil à la recherche d'un job.

A cette époque, on parlait beaucoup de la Société Weik-Todhunter dans la presse, à cause de la fusion de plusieurs compagnies de chemin de fer qu'elle venait de réaliser. Aussi, en sortant de l'ascenseur, Charley Buford trouva-t-il le hall rempli de gens qui s'efforçaient d'obtenir un entretien avec l'un ou l'autre des représentants de la direction.

Il tourna en rond pendant quelques instants, vexé

de voir que personne ne s'occupait de lui, et garda exprès son chapeau sur sa tête, afin de narguer l'ambiance extrêmement correcte et bien élevée qui régnait au siège de la Société Weik-Todhunter. Ce vieux Toddy ! Le petit froussard ! Et voyez maintenant ! Charley eut un petit rire intérieur.

Mais à la fin, il n'y tint plus. Se frayant un passage jusqu'au comptoir, il réussit à saisir l'un des jeunes employés par le bras — geste que ne parut guère apprécier le jeune homme en question.

— Que désirez-vous ? demanda-t-il sèchement.

— Je suis un vieil ami de M. Todhunter. J'ai besoin de le voir, au sujet d'une affaire importante.

— « Vieil ami » ou non, monsieur ! répondit le jeune homme avec affectation, c'est absolument impossible. M. Todhunter semble d'ailleurs avoir pas mal de « vieux amis » dont il n'a jamais entendu parler !

Charley secoua doucement le jeune homme.

— Il a entendu parler de moi. Dites-lui simplement que Buford, d'Alkali, voudrait lui parler un instant.

— Je regrette beaucoup, monsieur. Et veuillez lâcher mon bras, s'il vous plaît ! Le carnet de rendez-vous de M. Todhunter est complet pour aujourd'hui. De plus, il doit présider un lunch de bienfaisance, au profit de Memorial Hospital, ce qui l'obligera à partir plus tôt et à revenir assez tard. Et veuillez lâcher mon bras, monsieur, je vous prie !

Le jeune homme n'aimait pas du tout la façon dont Charley le regardait ; il cessa ses efforts pour se dégager.

— C'est très important, insista Charley. Et ça ne prendra pas une minute ! Vous n'avez qu'à me glisser entre deux rendez-vous.

Un grand type blond surgit à ce moment d'un des innombrables bureaux, ouvrit de grands yeux en apercevant le jeune homme aux prises avec Charley, et s'avança vivement.

— Qu'est-ce qui ne va pas ici, Swain ?

En voyant arriver du renfort, le jeune homme reprit confiance et parvint à libérer son bras.

— Monsieur Carlson, ce monsieur ne comprend pas ce que veut dire non. Voici le secrétaire de M. Todhunter. Peut-être que vous le croirez lui ?

Charley fut bref et précis.

— Absolument impossible, fit M. Carlson. Laissez votre nom ici. Je verrai avec M. Todhunter, quand il sera libre. Puis vous reviendrez... disons... jeudi, dans une semaine.

— Carlson ! dit Charley. Voulez-vous faire une chose pour moi ? C'est tout ce que je vous demande. Voyez-vous, j'ai connu M. Todhunter à Alkali. A vrai dire, poursuivit Charley avec un sourire ironique, j'étais presque son associé dans les mines d'argent, là-bas. (Il sortit une carte et griffonna quelques mots dessus.) Vous n'avez qu'à lui montrer ça, et si vous êtes sport, je vous parie vingt dollars contre dix qu'il me recevra. Ça fera vingt dollars facilement gagnés, si je me trompe.

Carlson prit la carte en hésitant, et lut :

Mon cher Toddy,

Vous vous rappelez Alkali ?

BUFORD LAWLESS.

— Toddy ! s'exclama Carlson en reculant légèrement. Mais monsieur, monsieur Lawless !

— C'est comme ça que nous l'appelions, là-bas, répondit Charley.

Carlson regarda avec insistance le chapeau de Charley pendant un moment, puis il tourna les talons et repartit dans son bureau.

— Si vous voulez bien vous asseoir... fit le nommé Swain.

Mais Charley ne lui accorda aucune attention et se mit à arpenter le hall, en fumant un cigare qui empestait.

En rentrant dans son bureau, Carlson trouva un jeune homme courroucé qui s'agitait en maugréant.

— Que se passe-t-il, Anderson ? demanda Carlson.

— C'est M. Todhunter ! Il est en train de me rendre fou avec ces satanés contrats de la B. & O. qui ont disparu. Maintenant, c'est vous qu'il réclame. Essayez de lui expliquer que...

— Grands dieux ! s'écria Carlson, ils n'ont donc pas encore retrouvé ce dossier ! Tant pis ! Je vais de ce pas lui expliquer...

Il glissa distraitement la carte de Charley dans sa poche et disparut dans un couloir étroit qui s'ouvrait au fond de son bureau, pour aller frapper discrètement à une solide porte d'acajou sur laquelle une plaque de cuivre était fixée.

— Entrez ! répondit une voix sèche et énervée.

Carlson entra, ferma la porte, et toussota légèrement. M. Todhunter faisait les cent pas derrière son grand bureau. Il pivota, les narines pincées de colère.

— Eh bien, que sont devenus les contrats de la B. & O. ?

— Je suis navré, monsieur, mais...

Carlson se lança dans une longue explication sur le sort possible desdits contrats : égarés par un nouvel employé, classés par erreur dans un autre dossier, etc.

— Autrement dit, coupa M. Todhunter, nous allons être obligés de demander qu'on veuille bien nous établir des duplicata…

— Oh ! non, monsieur Todhunter, je ne crois pas…

— … et par là, poursuivit M. Todhunter, admettre que nous sommes une bande d'imbéciles, qui… Mais enfin, c'est vraiment très gênant, Bon Dieu ! Leurs avoués n'arrêtent pas de téléphoner pour demander ce qui nous retient de les signer et de les renvoyer. Ils commencent à s'inquiéter. Ils s'imaginent qu'on cherche un prétexte pour gagner du temps. Il ne nous reste plus qu'à leur dire la vérité, Carlson. Appelez Bronson. Faites-lui savoir que nous sommes des crétins !

— Monsieur Todhunter, si seulement nous pouvions…

— Okay ! Je vais patienter jusqu'à six heures. Mais alors, qu'on mette la maison sens dessus dessous et qu'on les trouve !

— Oui, monsieur Todhunter. Tout de suite !

Dans son émoi, Carlson fut incapable de déduire de l'attitude de son patron s'il devait se retirer ou non ; indécis et préoccupé, il porta la main à sa poche et y retrouva la carte qu'il sortit et regarda d'un air confondu. Il avait complètement oublié Charley et son histoire.

— Qu'est-ce que c'est ? demanda M. Todhunter d'un ton cassant.

— Oh ! rien, répondit Carlson. Une carte pour vous qu'un type m'a donné dans le hall.

— Encore un vieil ami ? fit M. Todhunter avec un rire bref.

Carlson, heureux de ce répit, eut un sourire fugitif.

— Oui ! Et un drôle de type, avec un grand chapeau noir de cow-boy.

— Comment s'appelle-t-il ?

Carlson jeta un coup d'œil sur la carte.

— Buford Lawless.

A la plus grande stupéfaction de Carlson, M. Todhunter devint tout pâle et se laissa tomber lourdement dans son fauteuil.

— Faites-moi voir cette carte !

Carlson la tendit à Todhunter qui l'examina, tandis que son visage reprenait peu à peu ses couleurs. Puis il se leva de son fauteuil et alla à la fenêtre où il resta planté, à regarder les toits de Cincinnati sous le soleil printanier.

Buford Lawless... Alkali... Chaparral Avenue... et la peur ! La peur ! Cette peur obsédante qui le dominait ! Comment avait-il pu tenir le coup ? Eh bien, il l'avait fait, et c'était là l'essentiel ! Il avait tenu le coup, et maintenant, il était riche et hors d'atteinte pour des types comme Buford Lawless.

Il se retourna enfin vers Carlson.

— De quoi a-t-il l'air... d'un clochard ?

— Non, répondit Carlson, sans montrer la surprise que lui causait une telle question. Une sorte de Beau Brummel d'un genre particulier... mais très mal élevé : il garde son chapeau sur la tête.

Todhunter se frotta le menton d'un air pensif.

— Il a probablement besoin d'argent, conclut-il enfin. C'est un joueur. Un jour plein aux as, et fauché le lendemain. (Il se détourna un instant pour regarder à nouveau par la fenêtre.) Je verrai ce qu'il veut. Faites-le monter.

Les deux hommes se dévisagèrent, surpris l'un comme l'autre des changements qu'ils découvraient dans la physionomie et les attitudes de l'autre.

Toddy, de toute évidence, n'était plus le Toddy d'Alkali ; sa réussite avait transformé son visage. Ses traits étaient plus fermes, et il se tenait plus droit, ce qui le faisait paraître plus grand. Buford Lawless non plus n'était plus le Buford Lawless d'Alkali. Il semblait moins grand, moins fort, moins jeune, moins dur.

Todhunter lui offrit un cigare et lui fit signe de s'asseoir.

— Alors, qu'est-ce que c'est que cette histoire, Buford ? Abilene, ici ? C'est à peine croyable !

Charley parla longtemps ; perdu dans ses pensées, Todhunter l'écoutait en se frottant le menton. Comme Charley la veille, une vision se déroulait devant ses yeux.

Quand Buford eut terminé, Todhunter dit :

— Avec nous, il aurait pu devenir riche. Mais il n'a rien voulu savoir. Okay ! Buford. Je vais voir ce que je peux faire.

Charley eut un sourire sardonique :

— Et cette fois, Toddy, je ne demande rien pour moi-même. Rien du tout !

— Vous avez l'air florissant, Buford.

— Oh ! je ne me plains pas. Mais je pense vendre pour retourner chez moi. Ça fait dix ans que je n'y ai pas remis les pieds.

Charley se leva.

— Vous comprenez, poursuivit-il, j'étais le plus jeune et le plus indiscipliné. Le juge n'a jamais été très satisfait de moi. Mais il va sur ses soixante-dix ans, maintenant. Et, moi, je m'assagis avec le temps. On pourra peut-être s'entendre, à la fin.

— Je vous le souhaite, Buford. Je vous le souhaite ! dit Todhunter en se levant pour lui tendre la main.

Ils se regardèrent en silence. A présent, ils étaient complètement étrangers l'un à l'autre.

M. Todhunter et le docteur Weidenreich dînaient ensemble dans la salle à manger solennelle du vieux City Club. Une ambiance de discrète opulence les entourait. Des serviteurs noirs en vestes blanches les servaient dans un silence recueilli. La cuisine était médiocre. Le docteur, un petit homme desséché d'une soixantaine d'années, au visage de cabotin, affichait un air de tranquille autorité.

— Je ne sais vraiment pas quoi vous dire, monsieur Todhunter, fit-il au moment du café. Ce cas me déconcerte. Autant que je puisse en juger, cet homme ne souffre d'aucune maladie organique : physiquement, il n'a absolument rien. Au contraire ! Il devrait être exposé dans un musée de la santé publique. Physiquement, c'est l'un des spécimens de l'homo sapiens les plus parfaits que j'aie jamais vu de ma vie. Avec un cœur comme le sien, les poumons qu'il a et toute sa constitution, il devrait normalement vivre jusqu'à cent ans !

— Mais ses yeux ?

— Ils n'ont rien... sauf qu'il ne voit pas ! (Le docteur rit tristement, tout bas, comme pour lui-même.) Et quand je dis qu'ils n'ont rien... Pour vous exposer son cas plus clairement, si j'ose dire, voilà : autant que nous puissions nous prononcer, d'après des tests qui sont presque infaillibles et selon des avis, eux aussi, presque infaillibles, ses yeux n'ont absolument rien du point de vue organique. Comme vous m'aviez dit que l'argent ne jouait aucun rôle, je l'ai fait examiner par trois autres médecins, dont un neurologue. Ils sont tous d'accord pour dire qu'un homme ne peut pas jouir d'une santé plus parfaite que lui. (Le docteur eut à nouveau un petit rire affligé.) Mais voilà : il ne voit pas !

Todhunter ouvrit de grands yeux.

— Je ne comprends pas ! Vous voulez dire qu'on ne peut rien faire ?

— Pour le moment, je ne vois pas ce qu'on pourrait bien faire, répondit le docteur Weidenreich en haussant les épaules d'un air agacé. Connaissez-vous bien cet homme, monsieur Todhunter ?

— Pas très bien ! Il m'a rendu un grand service dans le temps. N'avez-vous jamais entendu parler d'Abilene ? On a publié des articles sur lui dans tous les journaux de l'Est, et aussi dans le *Harper's Weekly*.

— Non ! Mais, à certaines choses qu'il m'a racontées, j'ai cru comprendre qu'il venait de la Frontière. Que fait-il ici, dans l'Est ?

Todhunter donna les explications nécessaires que le docteur écouta avec de petits hochements de tête, l'air pensif.

— Monsieur Todhunter, dit-il finalement, je ne suis qu'un simple médecin, et comme tel, je suis matérialiste, ainsi que nous devons tous l'être ; j'ai donc pour règle de tenir compte le moins possible des impondérables. Or cet homme, me semble-t-il, ne tient pas à la vie. Je dirai qu'à mon avis, son sort lui est absolument indifférent. Comprenez-moi bien ! Je n'essaie pas de prétendre qu'il est aveugle parce qu'il le veut bien. Ce que je veux dire, c'est qu'il n'existe aucune raison au monde pour que cet homme soit apathique au point où il l'est. Aucune raison matérielle. En tout cas, quatre médecins d'une excellente réputation, chacun dans son domaine, n'ont pas été capables d'en trouver une ! Et sa femme ?

— Il ne veut pas en parler, dit Todhunter. Apparemment, ils se sont séparés.

— J'ai le sentiment qu'il a éprouvé une très grande déception. Aucun homme de son âge, grand, fort et bien portant comme il l'est, ne saurait être indifférent à ce point à son propre sort sans une cause extrêmement grave. La cause et l'effet, voilà le cas résumé en deux mots. Et cela peut s'appliquer au monde entier. Le sort inéluctable de tout un chacun est contenu dans ces mots. Eh bien, monsieur Todhunter, que proposez-vous ?

— Je souhaiterais que vous puissiez continuer à vous occuper de lui, évidemment !

— Je ne demande pas mieux, bien sûr. Mais je crains que ce ne soit une dépense inutile. Cet homme souffre peut-être d'une sorte de maladie mentale, bien que je n'aie découvert aucun signe qui permette de le croire, et mon collègue neurologue, le docteur Atley, non plus.

— Voyez-vous, docteur Weidenreich, dit Todhunter d'une voix posée, nous avons offert à Abilene de faire sa fortune, mes associés et moi, quand on a découvert les gisements d'argent d'Alkali. Il nous a ri au nez ! Pourtant, c'est grâce à lui que nous avons pu maintenir nos droits sur les mines et les vendre à la Consolidated.

— Je vois, fit le docteur. Eh bien, nous ne l'abandonnerons pas. Nous allons faire au contraire tout notre possible. Il ne faut jamais désespérer !

En entrant dans la chambre d'Abilene, à l'hôpital, Todhunter et le médecin le trouvèrent assis dans son lit, en train de fumer une cigarette. Près de lui se tenait Charley Buford, assis sur une chaise inconfortable, un verre dans une main, un long cigare bon marché dans l'autre.

— Ce n'étaient que des apprentis, disait Charley. J'admets que Chickasaw avait la main sûre et savait tirer ; mais qu'un seul gars puisse triompher de trois types qui savaient s'y prendre, ça n'existe pas.

— Tout à fait d'accord, Buford, fit Abilene.

Charley se tourna vers la porte.

— Salut, Toddy. Comment ça va ?

M. Todhunter eut un léger haut-le-corps de s'entendre traiter avec une telle familiarité ; puis il se ressaisit et, en souriant, salua Charley d'un signe de tête.

— Bonjour, Buford !

Sur quoi il le présenta — sous le nom de Buford Lawless — au docteur Weidenreich. Le docteur serra assez longuement la main de Charley, examinant avec un intérêt visible le masque étroit aux yeux durs de ce jeune homme à l'aspect peu engageant.

— Poursuivez votre conversation, messieurs, dit le docteur. Elle semble intéressante.

— Le gars dont je parlais — il s'appelait Chickasaw, et on faisait route ensemble — il avait tué trois types à Tumbleweed dans une bagarre au revolver, expliqua Charley. Moi, j'ai toujours soutenu qu'il avait simplement eu de la veine.

— Et du sang-froid aussi, dit Abilene.

— Il avait tué trois hommes ? demanda le docteur d'un air ébahi. Pourquoi ?

— Un petit incident, fit Charley avec indifférence. J'étais dans un dancing mexicain, à Tumbleweed, en train de secouer mes bottes dans un *baile* — c'est une danse populaire. Lui, il était resté dehors, et il y a des types qui en ont profité pour lui tomber dessus. Tout était fini avant que j'aie pu me débarrasser de la fille qui se pendait à mon cou, et sortir dans la rue.

— Il n'avait pas froid aux yeux, le gars, fit Abilene.

— Si on prenait encore un verre, Abilene ? proposa Charley.

— Okay, Buford.

Sur quoi, tout le monde s'assit et trinqua. Bientôt Abilene, Charley et M. Todhunter qui, à la stupéfaction du docteur, s'était incroyablement dégelé, se mirent à discourir, parlant tous en même temps, cependant que l'homme de l'Art, oublié dans son coin, écoutait en silence monter autour de lui une marée de souvenirs émaillés de mots quasi incompréhensibles pour lui : Apaches... Dry Gulch... (en parlant de Dry Gulch, tous les trois éclatèrent de rire)... Chickasaw... les claims d'argent... Chaparral Avenue... Raton... Poney Noir... Gila Joe...

Le docteur se mit alors à observer Abilene avec attention. Même quand il riait, le géant blond avait l'air triste ; pourtant, jusqu'à ce moment, jamais le docteur ne l'avait vu si animé.

Puis brusquement, en plein milieu d'une conversation bruyante et embrouillée, Abilene se redressa tout droit sur son séant en s'écriant :

— Doc ! Où êtes-vous ?

— Je suis là, tout près, Hardesty.

— Doc ! j'ai vu de la lumière ! Je pense que ça devait être la lampe. C'était là. Je l'ai vue pendant un tout petit instant.

— Bon ! fit le docteur en se levant. Cela ne vous ennuierait pas de partir maintenant, messieurs ? L'heure des visites est presque terminée de toute façon !

Charley et Todhunter partirent ensemble, en bavardant avec animation.

— Voyez-vous quelque chose en ce moment même, Hardesty ? demanda le médecin.

— Non, rien ! Tout est noir. Ça n'a duré qu'une seconde.

Avec l'aide d'un infirmier, le docteur fit monter Abilene dans une petite chambre, au cinquième étage, et passa la demi-heure suivante à examiner ses yeux à fond. A la fin, le docteur Weidenreich secoua la tête.

— Retournons dans votre chambre, mon jeune colosse, fit-il en soupirant.

Plus tard dans la soirée, il téléphona au domicile de Todhunter.

— Je m'excuse de vous déranger, monsieur Todhunter, mais j'ai une suggestion à vous faire. Pouvez-vous faire en sorte que cet homme retourne dans l'Ouest, d'où il vient ?

— Certainement ! Mais pour l'amour de Dieu, qu'est-ce que vous voulez qu'il fasse, là-bas, aveugle comme il l'est ? Du reste, il ne voudra peut-être même pas y retourner.

— Oh ! nous parviendrons bien à le décider. Mais il faudra le faire accompagner par quelqu'un. Je peux m'occuper de tout ça, si vous ne trouvez pas que ça entraîne de trop grands frais.

— L'argent n'a aucune importance. Mais croyez-vous que cela puisse vraiment le guérir ?

— Ne prenez pas ce que je vais vous dire pour parole d'évangile, répondit le docteur Weidenreich avec un rire forcé. Mais... eh bien... oui ! Je le crois.

Lorsqu'il eut raccroché, Todhunter se leva et, lentement, commença à faire les cent pas dans la solitude de sa bibliothèque. Il se faisait tard et, dans la grande maison, régnait un tel calme qu'il lui semblait, dans le silence, entendre battre son cœur. Il se sentit soudain très seul, et un brusque désir l'envahit de se retrouver parmi ses anciens compagnons — visage anonyme parmi d'autres, dans la dure lutte pour l'existence. Il y avait déjà longtemps qu'il s'était résigné à sa solitude — un milliardaire ne rencontre que des masques souriants, des gens empressés à le satisfaire ; en fait, il s'isolait un peu plus chaque jour. Bientôt, il n'aurait de contact avec le monde extérieur que par l'intermédiaire de Carlson — et encore !

Il s'assit dans un grand fauteuil en cuir, alluma un cigare et se versa à boire. Les instants passés avec Abilene et Buford Lawless avaient réveillé en lui des souvenirs qui le laissaient tout étourdi. Il y avait des mois qu'il n'avait pas accordé une seule pensée au passé. Mais maintenant, assis là à fumer et à siroter son whisky, les réminiscences déferlaient en lui comme un flot irrésistible. Il se rappelait la peur qui l'habitait jadis. Mais il y avait aussi une foule d'autres souvenirs. Et bientôt, revoyant en pensée Tabe Cates, le juge Paul et le vieux Dry Gulch il éclata de rire tout seul, et se sentait tout d'un coup plus gai qu'il ne l'avait jamais été depuis que, associé à Theobald Weik, il était devenu un richard et faisait partie des gros bonnets de Cincinnati.

Carlson fut d'autant plus étonné d'être tiré de son sommeil que son patron, le soir, se retirait généralement tôt.

— Quelles dispositions a-t-on prises, au sujet du mémorandum relatif à nos pourparlers avec la Northern Pacific sur ces embranchements, dans l'Utah ? demanda Todhunter avec brusquerie.

Carlson fit d'énergiques efforts pour chasser le sommeil qui engourdissait son cerveau. Mieux valait que le patron continue d'ignorer qu'il était, en général, assez vaseux quand on le réveillait en sursaut.

— On l'a... (Carlson continuait de se creuser la tête ; puis, tout d'un coup, il se rappela.) Il a été ajourné à la dernière réunion du conseil d'administration. Aucune disposition n'a été prise.

— Toujours en vigueur, alors ?

— Oui, monsieur Todhunter.

— Bon ! Je ferai peut-être un voyage dans l'Ouest pour avoir un entretien en tête à tête avec ce type... comment s'appelle-t-il, au fait ?

Carlson se creusa désespérément la mémoire. Etait-ce Phipps ? Philips ? Ou encore...

Todhunter le sauva.

— Ah ! oui, Fisher. C'est ça ! Faites le nécessaire pour qu'on tienne un wagon spécial à notre disposition. Vous viendrez avec moi, Carlson ! Destination Phoenix.

Dans le cerveau de Carlson, ce fut, pendant quelques secondes, le néant complet.

— Phoenix, monsieur ? Ne voulez-vous pas dire Salt Lake City ?

— Non ! Fisher n'a qu'à venir à Phoenix. Je préfère Phoenix ! Ça ne tardera pas à devenir un lieu de séjour très fréquenté.

— Bien, monsieur !

— Nous mettrons les détails au point demain.

Todhunter passa un coup de fil au salon de billard de Charley Buford, sur quoi Charley prit un cab pour se rendre en vitesse à la grande maison, sur la colline.

Installés dans la bibliothèque, ils discutèrent du voyage projeté.

— Cela ne vous plairait pas d'y retourner, Charley ?

— Non, répondit Charley avec un vague sourire. Il y a certainement encore des mandats d'amener qui me concernent, là-bas. Du reste, qu'est-ce que j'y ferais, à présent ? Du tourisme ? Non ! Je vais retourner chez moi. Si Mick Reilly peut trouver les fonds nécessaires, je lui cède mon bail. Après, je n'aurai qu'à traverser le fleuve pour me retrouver dans un monde différent. (Le visage dur de Charley s'adoucit, tandis qu'il poursuivait :) Je n'ai pas cessé de fuir depuis le temps où je n'étais qu'un morveux malingre. Maintenant, il faut que je rentre au bercail. La vie, c'est fait pour apprendre.

Un bref silence suivit, puis Todhunter dit :

— Alors, essayez au moins de lui parler. Il faut qu'il parte. Je suis convaincu qu'il vous écoutera mieux que moi.

— Okay ! fit Charley. C'est un type drôlement bien, Abilene. A moi, il m'a laissé la vie sauve parce qu'il a le cœur aussi généreux que sa main est sûre. Je n'ai pas apprécié son geste, à l'époque ; ce n'est que dernièrement que j'ai compris ! Il y a un tas de choses que je n'avais pas comprises avant de revoir Abilene. (Charley soupira en regardant le bout étincelant de ses chaussures pointues.) Oh ! oui ! Je vais lui parler !

*

Abilene écouta Charley en silence. Charley parla longuement, et avec beaucoup de conviction ; jusqu'à ce que, tout d'un coup, il se rende compte qu'Abilene n'avait ouvert la bouche que pour lui dire bonjour. Il scruta son visage. Le géant blond était assis dans un fauteuil, près de la fenêtre ; il avait la tête baissée et fumait une cigarette. Ses cheveux, qui avaient repoussé, étaient déjà assez longs, et Abilene commençait à ressembler à lui-même. Charley aurait été incapable de dire s'il l'avait écouté ou non, et il s'arrêta de parler. Abilene se tourna alors vers lui.

— Buford, dit-il après un bon moment, je vais vous dire la vérité. Je n'ai envie d'aller nulle part. Je n'ai envie de rien. Tout juste d'être assis comme ça, ou alors, si j'ai une préférence, c'est peut-être de rester allongé sur mon lit. Je ne vaux plus tripette, Buford.

Après encore une longue pause, il ajouta :

— Alors, à ce compte-là, je peux aussi bien retourner dans l'Ouest avec M. Todhunter.

— Bon ! Ça, c'est bien, au moins, dit Charley l'air un peu déconfit. Mais vous voulez vraiment dire que vous n'avez même pas envie de retourner là-bas, Abilene ?

— Au fond, je ne sais même pas ce que je veux, Buford ! Je ne suis plus bon à rien. Quand un type ne sait plus ce qu'il veut ni ce qu'il ne veut pas, là alors... Vous comprenez ce que je veux dire ?

— D'accord ! fit Buford. Mais vous avez été malade, ou c'est tout comme, Abilene. Et vos yeux ne voient plus. Bon Dieu ! Si c'était moi, j'aime autant vous dire que je n'aurais jamais eu le courage de le prendre comme vous. Moi, je me serais sûrement fourré le canon de mon revolver dans la bouche, et j'aurais appuyé sur la détente, comme un crétin que je suis.

— Peut-être ! fit Abilene. Mais, en tout cas, cela voudrait au moins dire quelque chose. Moi, je n'ai même pas envie de faire ça !

Charley se mit debout et, pendant quelques instants, il arpenta la chambre en fumant.

— Eh bien, en tout cas vous pouvez toujours tenter ce voyage, dit-il finalement.

— Okay ! répondit Abilene. Ça m'est égal. Je n'ai rien ni pour ni contre.

Charley se rendit aux bureaux de Todhunter. Il était bouleversé de voir à quel point un homme pouvait changer !

Ils partirent à la mi-juin. Le wagon spécial de Toddy les attendait à Chicago ; ils passèrent donc la première étape du voyage dans le train de nuit régulier qui venait de Pennsylvanie en passant par Cincinnati. Ils disposaient d'un compartiment-salon. Toddy et Carlson couchaient dans le salon, la porte communiquant avec le compartiment demeurant ouverte.

Abilene ne prononça pas trois mots de toute la journée et fit faire sa couchette assez tôt.

Au cours de la nuit, le train s'arrêta avec une brusque secousse qui le réveilla. Toddy et Carlson jouaient aux cartes dans le salon et discutaient ferme. Toddy soutenait qu'il lui revenait trois dollars quarante ; Carlson lui tenait tête et affirmait respectueusement qu'il n'avait gagné que deux dollars quatre-vingts. Cela rappela tout à coup à Abilene une autre partie de cartes entre Toddy, Cates et le juge Paul, alors qu'ils étaient sur le point de toucher cinq millions de dollars pour leurs mines d'Alkali et qu'ils se chamaillaient comme si leur vie était en jeu pour quelques *cents.*

A ce souvenir, Abilene éclata de rire.

Toddy et Carlson sursautèrent. Toddy se leva

vivement et entra dans le compartiment en donnant de la lumière.

— Vous vous sentez bien, Abilene ? demanda-t-il, inquiet.

Abilene riait aux larmes.

— Je me sens très bien, dit-il quand il réussit à reprendre son souffle. C'est seulement une histoire drôle qui m'est revenue.

— Elle doit être rudement drôle, dit Toddy. Vous allez réveiller tout le train !

— Dès qu'il repart, je me rendors, promit Abilene en riant toujours, mais moins fort.

Toddy resta un moment dans l'encadrement de la porte, à regarder Abilene. Cet accès de fou rire finit par lui rappeler à lui aussi cette partie de poker à Alkali où Abilene avait été pris d'un tel fou rire qu'il s'était caché la tête dans les bras, sur la table. A l'époque, Toddy avait cru qu'Abilene n'était pas lui-même, à ce moment-là. Mais il s'était peut-être trompé. Et cet accès de rire était peut-être bon signe.

Il jeta encore un coup d'œil à Abilene. Le géant blond s'efforçait de maîtriser son rire. Le train se remit en marche en cahotant. Toddy et Carlson faillirent perdre l'équilibre.

— Je crois que je vais me rendormir, dit Abilene. Bonne nuit, les gars !

Lorsque Abilene se réveilla, une lumière grise filtrait par les bords du store baissé, devant la vitre, et bien qu'il ne la vît pas Abilene eut conscience du changement impalpable de l'atmosphère et de la fraîcheur de l'aube. Il se retourna sur sa couchette, chercha ses cigarettes, en alluma une et s'adossa contre la cloison pour fumer.

En lui aussi, il sentait quelque chose de changé,

une différence très vague, impossible à définir, et pourtant incontestable, aussi évidente que cette pureté qu'il ressentait dans l'air. Chicago n'était pas loin. Ensuite ils s'enfonceraient dans l'Ouest : des kilomètres et des kilomètres de montagne, de plaine, de prairie, de désert. Peu à peu, des images de l'Ouest, des scènes sans rapport les unes avec les autres, se mirent à défiler dans sa mémoire — une pluie torrentielle sur le Fort, suivie d'un arc-en-ciel s'étendant d'un bout à l'autre de l'horizon et que les Apaches, têtes levées, contemplaient avec crainte ; les moutons à grandes cornes, les bighorns, dans les montagnes Rocheuses, dévalant sans effort un rocher presque à pic ; les herbes folles et sèches du désert livrées aux caprices du vent ; les eaux sulfureuses, brunâtres et bouillonnantes de Sintking Springs, et les têtes comiques des Indiens qui se pinçaient le nez ; une diligence qui avait perdu une roue, et avait failli basculer dans un canyon ; les visages blêmes des passagers qui l'avaient échappé belle ; Chickasaw sous son grand chapeau blanc de cow-boy, debout sur la selle de son cheval lancé au triple galop, pour crâner devant les dames. Les dames...

MARIE ! Tout son être tressaillit d'angoisse devant la souffrance qui allait le submerger, il le savait, au souvenir de Marie. Tous les chemins, tous les sentiers le ramenaient à elle. Tous les souvenirs aboutissaient au souvenir de Marie. Toutes ses pensées, quelles que soient leurs sources, finissaient par se noyer dans ce puits noir de regrets, regrets de quelque chose de puissant, de beau et de terrible, irrévocablement perdu — « à jamais envolé », comme dit la vieille chanson !

En tirant lentement sur sa cigarette, Abilene attendit stoïquement l'attaque. Comme il les avait attendues l'une après l'autre, depuis cette scène ignoble, dans le couloir de l'entrée des artistes, au Gaiety Theatre. Mais ce n'était pas une chose dont on puisse parler à quelqu'un, pas même à un docteur ; c'était quelque chose qu'il fallait supporter seul, quelque chose qu'on portait en soi, et contre quoi il fallait se défendre comme on le pouvait. C'était comme pour mourir — une chose à laquelle il avait souvent réfléchi, dans le passé, longtemps avant d'avoir rencontré Marie : personne ne pouvait le faire à votre place.

L'attaque ne vint pas. Abilene se surprit lui-même à laisser ses pensées revenir vers l'Ouest, au rappel d'incidents tout à fait banals, ici ou là. Au bout d'un moment, il humecta ses doigts pour éteindre soigneusement sa cigarette. Puis, se retournant dans sa couchette avec un soupir, il se rendormit.

L'immense train transcontinental fonçait vers l'Ouest, sous le beau ciel de ce début d'été ; dans le wagon spécial de Toddy régnait une ambiance sereine et détendue.

Abilene semblait de bonne humeur ; il mangeait comme quatre, buvait de temps à autre un coup de whisky et fumait cigarette sur cigarette. Il avait bien meilleure mine qu'à Cincinnati, et on devinait en lui une sorte de bien-être qu'il n'avait pas connu depuis longtemps. Mais il parlait peu.

Ce que Toddy ne savait pas, c'est que, de temps en temps, Abilene apercevait comme un éclair fugitif de lumière. Une fois, au moment où le train traversait un grand fleuve, il eut la vision momentanée d'un vaste paysage, avec des arbres au feuillage mouvant. Il fut sur le point d'appeler Toddy, mais de nouveau le rideau noir voila brusquement son regard, et il se retrouva une fois encore plongé dans la nuit qui l'enveloppait depuis qu'il était allé chercher refuge dans la salle de billard de Charley.

Au beau millieu de la nuit, Abilene se réveilla en sursaut et poussa une exclamation étouffée. Le train serpentait alors dans un passage dangereux de la montagne et, comme à travers un voile, il aperçut un canyon inondé de clair de lune. Cette fois, il ne laissa pas la vision disparaître d'elle-même : il referma rapidement les yeux et, peu après, il sombra à nouveau dans le sommeil.

Puis ce fut le matin. On approchait de Phoenix. Toddy et Carlson étaient en train de prendre leur petit déjeuner, en évoquant leur partie de cartes de la veille. Comme Abilene n'avait manifesté par aucun signe qu'il était réveillé, ils l'avaient laissé dormir.

Ils ne l'entendirent pas entrer dans le salon, et le son de sa voix, autant que les paroles qu'il prononça, les firent tressaillir tous les deux.

— Vingt dieux ! On peut dire que le soleil brille, ce matin !

Toddy bondit de son fauteuil et, au même moment, il remarqua que Carlson, assis en face de la porte, était devenu tout blanc.

Il tourna la tête et vit Abilene planté sur le seuil — avec son grand chapeau blanc de cow-boy, sa chemise bleu marine en flanelle, son pantalon collant en peau de daim, et ses bottes mexicaines. Ses deux calibres 45 à crosse de nacre pendaient sur ses hanches, et il regardait Toddy et Carlson avec un sourire épanoui, les pouces glissés dans sa ceinture.

Toddy, les yeux écarquillés, se rappela la première vision qu'il avait eue d'Abilene, immobile dans le clair de lune argenté du désert sur son cheval géant.

Il avait eu alors le sentiment d'être en présence d'un être surnaturel. Et, après tout, n'y avait-il pas dans cet homme simple et pourtant étrange, quelque chose de surnaturel ?

Toddy et Carlson étaient muets de surprise.

Abilene se pencha pour regarder par la fenêtre. Il clignotait toujours un peu des paupières, mais il était évident qu'il avait recouvré la vue et qu'il ne s'agissait pas là d'un pathétique simulacre.

— Bon Dieu ! regardez-moi ce soleil, fit Abilene avec un doux sourire. Je viens de revoir mon vieil ami le saguaro[1] ; celui-là était magnifique ! Un peu humide pour la région, ce matin, messieurs ! Regardez la rosée qui scintille sur le mesquite.

Le retour d'Abilene fit sensation dans l'Ouest. Des télégrammes sillonnèrent la région jusqu'à Seattle, dans le Nord, et jusqu'à Bisbee, dans le Sud, près de la frontière mexicaine.

Ce soir-là, dans leur hôtel de Tucson, Toddy s'installa auprès d'Abilene, dans l'intention d'avoir avec lui un entretien sérieux.

— Où pensez-vous aller en partant d'ici, Abilene ? demanda-t-il.

— A Sonora, au Vieux Mexique. C'est là que j'avais l'intention d'aller au début. Et maintenant, c'est là que j'irai.

Toddy scruta rapidement son visage.

— Et question d'argent ?

Abilene réfléchit un bon moment.

— Alors là, monsieur Todhunter, dit-il enfin, il

1. Cactus géant du désert. Sa fleur blanche est l'emblème de l'Etat de l'Arizona.

faut que je vous avoue qu'une chose me tracasse beaucoup.

— Combien avez-vous ?

— Oh ! plus qu'assez pour moi ! Au moins soixante dollars ! Ce n'est pas ce que je veux dire. Mais, vous comprenez, je dois deux mille dollars à Clancy Abbot, et, ça, je n'ai jamais pu le digérer !

— Comment avez-vous fait pour lui devoir deux mille dollars ?

Abilene le lui expliqua.

Toddy rejeta la tête en arrière et éclata de rire.

— Vous ne lui devez pas un *cent !* Votre nom valait bien dix fois plus, pour lui !

— Ça, je n'en sais rien, objecta Abilene. Tout ce que je sais, c'est que je me suis amené chez Clancy, et que je lui ai soutiré deux mille dollars. Ce n'était pas mieux qu'un hold-up, et j'ai eu honte tout le temps, depuis. Je ne pourrai jamais retourner à Alkali et regarder cet homme en face.

— Il faut absolument aller à Alkali, ne serait-ce que pour une journée. Ils vous attendent ! Ils en crèveraient si vous leur faisiez faux bond.

Abilene se tortillait, mal à l'aise, dans son fauteuil.

— Diable ! monsieur Todhunter. Je ne vois pas comment je pourrais. Je vais commencer à travailler, et je lui rembourserai par petites sommes.

— Okay ! fit Toddy. Si c'est comme ça, je vais vous avancer l'argent pour que vous puissiez le payer ; ensuite, quand vous aurez commencé à travailler et à gagner de l'argent, vous me rembourserez en prenant votre temps.

Abilene réfléchit un moment.

— Okay ! monsieur Todhunter, fit-il enfin. Je ne pourrai peut-être pas vous en envoyer beaucoup à la fois, mais je vous en enverrai un peu tous les mois.

— Parfait ! dit Toddy.

L'embranchement du chemin de fer de Tucson à Alkali était terminé à présent. Toddy s'arrangea pour laisser son wagon spécial sur une voie de garage, près de Tucson, et il prit place avec Carslon et Abilene dans un vieux wagon délabré jusqu'à Alkali. L'horaire du chemin de fer indiquait que le voyage durait deux heures trente-cinq minutes.

Abilene ne pouvait pas y croire : cela le dépassait ! Deux heures trente-cinq minutes, et tout le monde aussi tranquille que chez soi ! Abilene revivait en pensée le temps où Alkali n'existait pas encore, et où se rendre de Tucson jusqu'au plateau sur lequel florissait la ville minière, était une aventure épuisante, et dangereuse, du fait des Apaches tapis dans les montagnes et des bandits blancs qui rôdaient autour des trous d'eau.

Abilene restait assis à la fenêtre, regardant en silence défiler le paysage. Vu ainsi et à cette vitesse, il le reconnaissait à peine. Les points de repère qu'on attendait de voir apparaître jadis, pendant des heures, surgissaient avec une rapidité étourdissante pour disparaître aussi vite derrière le train. Abilene secouait la tête avec consternation.

Ils furent accueillis par un rassemblement délirant. Des centaines de cavaliers les attendaient en rangs serrés, autour de la gare toute neuve, en tirant des coups de feu en l'air ; la Fanfare d'Alkali, de création récente, exécutait une musique discordante, dominée par les couacs du cornet à pistons. Des acclamations assourdissantes éclatèrent quand Abilene descendit du train, suivi de Toddy et, à distance respectueuse, de Carlson, qui ne cessait de se mordiller les lèvres, et de rentrer la tête dans les épaules à chaque coup de feu.

Lorsque la fanfare joua *For He Is A Jolly Good Fellow,* Raton s'avança, conduisant le grand cheval pie d'Abilene, Nachez, par la bride.

— Le voilà, chef ! dit Raton. Quand j'ai appris que tu revenais, j'ai été tout de suite au Fort pour le chercher.

— Bonjour, mon gars ! dit Abilene à Nachez. On dirait que tu te fais un peu trop de lard. Je vais m'occuper de ça, tu vas voir !

Puis le cortège se mit en mouvement. La fanfare jouait *There'll Be A Hot Time In The Old Town To-Night,* et un bon tiers de la population d'Alkali descendait Chaparral Avenue, en se bousculant derrière Abilene, en selle sur son cheval. Toddy, accompagné d'un Carlson hébété, marchait derrière lui. Des habitants de fraîche date et des touristes se tassaient sur les trottoirs, bouches bées, pour les regarder passer, en se reculant peureusement quand partirent des coups de feu, isolés d'abord, pour finir en salves nourries.

La fanfare fit halte devant « L'Oriental », et continua de jouer. La foule envahissait toute la chaussée de Chaparral Avenue, bloquant toute circulation.

Clancy Abbot parut. Il portait une énorme couronne de fleurs, en forme de fer à cheval, avec le mot « BIENVENUE » écrit en lettres d'argent. Avec un grand sourire à Abilene, il la passa au cou de Nachez, puis il serra chaleureusement la main d'Abilene et celle de Toddy, tandis que retentissaient de nouveaux hourras.

Dans l'avenue, la fête continuait. Abilene et Clancy Abbot étaient enfermés dans le petit bureau de Clancy, ils se disputaient.

— Tu es complètement fou, Abilene, disait Clancy. Je n'accepte pas. J'ai un tas d'argent. Garde-les, comme cadeau !

— Non ! dit Abilene. Cette histoire m'est restée sur l'estomac pendant trop longtemps, et je n'en serai pas débarrassé tant que tu n'auras pas remis cet argent dans ton coffre-fort.

Clancy dut en prendre son parti et accepter en soupirant les deux mille dollars. Il fit le geste de fourrer l'argent dans sa poche, mais Abilene l'arrêta.

— Remets-le dans le coffre. Je veux te regarder faire.

Clancy haussa les épaules et obtempéra. Sur quoi Abilene, en poussant un long soupir de soulagement, se mit debout.

— Tu es content, maintenant ? demanda Clancy en le regardant.

— Oui ! Pour la première fois depuis un an, ou presque !

Le lendemain, Abilene se leva à l'aube et sortit sans bruit de l'hôtel, pour éviter une répétition des adieux ; il en avait tellement fait la veille au soir, que cela devait lui suffire pour le restant de sa vie ! Mais Gila Joe, Raton et le vieux Dry Gulch l'attendaient, l'air emprunté, dans les écuries. Si Joe et Raton avaient une gueule de bois carabinée, le vieux Dry Gulch était frais comme une rose.

— Je reviens de prêcher dans une grange, expliqua-t-il à Abilene. Ce sacré show m'a comme qui dirait fait faire fausse route, pendant quelque temps.

Mais oui, mon vieux ! Je commence petit à petit à me faire une petite troupe de fidèles.

— Un Mexicain, un Indien, un vieux cocher et quatre mules ! fit Gila Joe.

Dry Gulch ricana avec mépris.

— Si tu te voyais ! Les yeux comme un crapaud en train de crever ! Espèce d'imbécile ! Regarde-moi donc. Frais comme la rosée ? De l'eau de source, c'est tout c' que je bois, maintenant !

Abilene sella Nachez en silence, sous les yeux d'un garçon d'écurie qui suivait ses moindres gestes avec admiration et respect.

— Si c'est permis de te poser une question, finit enfin par dire Raton, où diable vas-tu aller, Link ?

— Dans le Sud.

— Le Sud ?

— Au Vieux Mexique. C'est là que j'allais, il y a un an. J'ai eu un empêchement, et maintenant j'y vais !

— Tout seul ?

— C'est ça !

Abilene tira Nachez hors de l'écurie et sauta en selle. Il avait exactement la même allure qu'il avait cette nuit où il était arrivé à Alkali, un an plus tôt : une couverture roulée sur la selle, un Winchester dans sa botte, une chemise et des sous-vêtements de rechange dans sa sacoche.

Il leur adressa un bref salut de la main, et remonta l'avenue, au pas tranquille de son grand cheval.

— Bonne chance ! lui cria Raton.

Sans un regard en arrière, Abilene fit à nouveau un geste de la main.

A un kilomètre au sud d'Alkali, le terrain s'élève en pente douce. Arrivé sur la hauteur, Abilene fit halte et se retourna, pour contempler une dernière fois la petite ville minière, laide, morne et délabrée, perdue dans l'immensité du désert. Il s'en détourna enfin et mit le cap au sud, vers les Mule Mountains qui se profilaient devant lui, dans le lointain.

Vers la frontière du Vieux Mexique…

DU MÊME AUTEUR

Aux Éditions Gallimard

Dans la collection Série Noire

TÊTE DE LARD, *nº 389*

ON EFFACE TOUT, *nº 711*

DU SPORT À LA UNE, *nº 724*

LE SAMSON DE L'OUEST, *nº 980*

UN HOMME À LA COULE, *nº 1269*

GOOD-BYE, CHICAGO, *nº 1839*

Dans la collection Carré Noir

LE PETIT CÉSAR, *nº 17*

QUAND LA VILLE DORT, *nº 106*

RIEN DANS LES MANCHES, *nº 131*

DONNANT DONNANT, *nº 475*

Impression Bussière à Saint-Amand (Cher),
le 26 octobre 1983.
Dépôt légal : octobre 1983.
Numéro d'imprimeur : 1024.
ISBN 2-07-043498-2/Imprimé en France